심
청
전

심청전

─| 최운식 엮음 |─

종문화사

고전 작품은 우리의 선조가 물려준 가치 있는 문화 유산이다. 그 속에는 우리 조상들의 사상과 감정, 그 시대의 모습, 그리고 다양한 의식과 관념이 문학적으로 형상화되어 있다. 그러므로 우리는 고전 작품을 통해 조상들의 삶의 모습과 의식을 알고, 현대를 살아가는 우리가 어떤 삶을 살아가야 할 것인가를 배우게 된다.

'가장 잘 알려져 있으면서도 가장 잘 읽지 않는 것이 고전'이라는 말이 있다. 이것은 참으로 듣기 거북한 말이지만, 맞는 말이다. 우리의 고전을 제대로 읽은 사람이 과연 얼마나 될까? 함부로 윤색한 것, 줄거리 위주로 마구 줄여 놓은 것, 동화 형태로 바꾸어 놓은 것 말고 원전의 형태대로 읽어 본 사람이 도대체 몇이나 될까? 전문 연구자 외에는 그다지 많지 않은 게 우리의 현실이다.

우리는 주위에서 우리의 고전 작품을 제대로 읽지도 않고 잘 알지도 못하면서 외국의 고전 작품에 비해 재미가 없다거나 보잘것없다고 큰 소리로 말하는 사람을 자주 본다. 우리 신화는 알지도 못하면서 그리스 로마 신화에 열광하고 압도당하는 사람, 우리 고소설은 읽지도 않으면서 외국의 고전 명작에 흠뻑 젖어 있는 사람이 많이 있다. 이래도 되는 것일까?

우리의 고전 작품에는 조상의 지혜와 낭만이 담겨 있다. 오랜 세월을 지내는 동안 갖가지 일을 겪으면서 알고 느끼고 상상한 모든 것이 표현되어 있다. 어떻게 하면 잘되고 어떻게 하면 못 되는지, 좀 더 가치 있는 삶이 무엇인지 아로새겨져 있다. 우리 민족은 오천 년 역사 속에서 다양한 경험을 해 왔기에 수많은 고전을 지니고 있다. 이것을 제대로 읽는다면, 우리는 오천 년을 살아 본 듯한 지혜를 가지고 여유 있고 풍요로운 삶을 살아갈 수 있다.

하지만 우리의 고전을 읽는 데에 어려움이 있는 것은 사실이다. 많은 고전 작품은 원문이 한문으로 씌어 있는 데다 우리 글로 씌어 있어도 이해하기 어려운 옛말이나 한자어 그리고 고사성어 등이 섞여 있다. 그래서 중ㆍ고등학교 학생은 물론 대학생 또는 일반 교양인이 이를 혼자서 읽고 즐기기는 쉽지 않다. 원전의 맛을 잃지 않도록 하되, 얼마든지 즐겁게 감상할 수 있도록 쉽게 번역을 하거나 문장을 다듬을 필요가 있다. 과거의 사람에게만 감동을 안겨 주고 멈추어 있는 죽은 고전이 아니라 현대를 살아가는 우리에게도 여전히 감동을 주는 살아 있는 고전으로 부활시켜야 하는 것이다.

이번에 펴내는 '꼭 제대로 읽어야 할 우리 고전'은 해당 작품에 대해 오랫동안 공부해 온 연구자들이 원전의 모습을 지키면서 누구나 재미있게 읽고 즐길 수 있도록 고쳐 쓰는 것을 원칙으로 삼았다. 이에 따라 이해하기 어려운 옛말이나 한자어, 고사성어는 쉬운 말로 고쳐 쓰거나 풀어썼다. 또 사투리는 표준말로 고쳐 쓰고 예스러운 문어체 문장이나 현대 어법과는 다른 표현, 뜻이 잘 통하지 않는 문장은 뜻을 잘 드러내는 문장으로 바꾸어 쓰는가 하면, 작품을 몇 부분으로 나누어 제목을 붙이고 중요 장면에는 그림을 곁들여 내용의 극적 효과를 높여 내용을 쉽게 이해하도록 함으로써 청소년이나 일반 교양인도 가까이할 수 있는 고전을 만들고자 애썼다.

그뿐 아니라 누구나 가까이할 수 있도록 하기 위해 설명이 필요한 낱말이나 어구에는 본문 아래에 각주를 두었으며, 더욱 자세하고 수준이 높은 설명이나 해석을 알고자 하는 이를 위해서는 본문 뒤에 미주를 따로 마련했다. 또한 본문의 편집은 교과서와 같은 방식을 택하여 공부하는 학생들이 원고지 쓰는 법이나 문장 부호 사용법에 친숙해지도록 배려했다.

그리고 작품 해설에서는 고전 작품이 필사나 인쇄 등 여러 방법을 통해 향유되었던 점을 고려하여 해당 작품의 다양한 이본 현황을 쉽게 파악하도록 하고, 작품에 대한 개략적 설명과 함께 작품을 둘러싼 여러 가지 논란 거리를 간략하게 정리하여 해당 작품이 문학사에서 차지하는 의미를 이해하게 했다. 그 밖에 생각해 볼 문제나 토론 거리도 제시하여 학습의 장에서 효율적으로 활용할 수 있도록 배려했다.

앞으로 이 시리즈가 국문으로 기록된 고전 작품은 물론, 한문으로 기록된 고전 작품과 구비 전승된 작품까지 포함하는 명실상부한 '꼭 제대로 읽어야 할 우리 고전'이 되도록 하겠다. 지금까지 널리 알려지지는 않았으나 오늘에 되살릴 만한 가치를 지닌 고전 문학 작품도 앞으로 계속 소개하고자 한다. 아무쪼록 이 시리즈가 우리 고전을 제대로 읽고자 하는 이에게 도움을 주고, 나아가 우리 고전에 대한 올바른 이해를 바탕으로 우리 문화에 깊은 관심과 애정을 쏟게 하는 데에 작은 보탬이 되기를 기대한다.

차 례

선녀가 심청으로 태어나다

　　　　　　　　　　　　　　　　　송나라 말기에 황주 도화동
에 한 사람이 살고 있으니 성은 심이고, 이름은 학규이다. 그의 집
안은 대대로 높은 벼슬을 하여 이름이 널리 알려진 가문이었는
데, 집안의 운세가 기울기 시작하였다. 그는 스무 살이 채 안 되어
시력을 잃고 장님이 되었다. 심학규는 벼슬을 할 수 없어 집안의
명예를 이어 갈 수 없었다. 그는 장님인 데다가 친척마저 없으므
로 받들어 줄 사람이 없어 매우 어려운 처지였다. 그러나 양반의
후예로서, 행실이 바르고 뜻이 굳으니 사람들은 그를 군자라고
하였다.

그의 아내 곽씨 부인은 매우 어질고 사리에 밝으며, 임사*의 덕행과 장강*의 고움과 목란*의 절개를 지니고 있었다. 『예기』, 『가례』의 「내칙편」이며, 『시경』의 「주남」·「소남」·「관저시」 등 모르는 것이 없었다. 온 마을 사람과 화목하고, 아랫사람을 사랑하고 감싸며, 집안 살림을 잘 꾸려 나가고 무슨 일이든 다 감당할 만하였다.

곽씨 부인의 집은 이제①처럼 청렴하고 안연②처럼 가난하였다. 대대로 전해 오는 생업이 없어 한 칸 집에서 바가지 하나로 살며, 아침에 저녁 끼니를 걱정해야 하는 형편이었다. 농사지을 땅이 없고 하인이 없으니 가련하게도 곽씨 부인이 몸소 품팔이를 하였다.

관대·도포·행의·창의·협수·쾌자·중치막과 남녀 의복을 짓고, 누비질·상침질*·곧추누비기·솔올이기 등을 삯을 받고 하였다. 빨래하고 풀 먹이기, 피륙 표백하기, 여름철 의복인 한삼 고의 손질하기, 망건 꾸미기, 갓끈 접기, 배자 단추 달기, 토시·버선·행전·주머니·쌈지·대님·허리띠·약주머니·볼끼·휘양·풍차 만들기를 하고, 처네·비단 이불·베갯모에 쌍원앙 수놓기, 오사모·사각대·흉배*에 수놓기를 하였다. 초상난 집에 가서

---

* 임사(任姒) : 덕행이 뛰어났다고 전해지는 중국 주나라 문왕의 어머니 태임과 왕비 태사.
* 장강(莊姜) : 중국 춘추 시대 위령공의 아내로, 매우 아름다우나 자녀를 낳지 못했다 한다.
* 목란(木蘭) : 중국 양나라 때 아버지를 대신하여 남복을 하고 십수 년 간 국경을 지키는 일을 했다는 여인.
* 상침질 : 박아서 지은 겹옷이나 보료, 방석 따위의 가장자리를 실밥이 겉으로 드러나게 하는 박음질.
* 흉배(胸背) : 조선 시대에 문관과 무관이 입는 관복의 가슴과 등에 학이나 범을 수놓아

상복 짓기를 하고, 선주·궁초·공단·수주·갑사·명주·모시·베 짜기 등 길쌈을 하였다. 또 혼인집이나 초상집에 가서 유밀과·과줄·신선로 만들기, 잔치 때에 장식으로 쓰이는 연꽃 만들기, 떡이나 과일을 모양내어 높이 쌓아 올리는 일을 하였다. 또 옷감에 청색, 홍색, 황색, 백색으로 염색하기를 하였다.

이런 일을 일 년 삼백육십오 일을 하루 반 때도 놀지 않고 손톱발톱이 잦아지게 하였다. 이렇게 품을 팔아 모은 돈을 착실한 집에 일수*와 장리*로 주어 실수 없이 받아들였다. 그래서 때맞추어 조상께 제사 지내기, 앞 못 보는 가장에게 사철 의복을 지어 드리기, 아침저녁 반찬과 입에 맞는 갖은 별미를 비위 맞추어 지성으로 공경하기를 한결같이 하였다. 이를 본 위아래 마을 사람들이 곽씨 부인이 음전하다*고 칭찬하였다.

하루는 심 봉사가 말하였다.

"여보 마누라!"

"예."

"세상에 부부가 많은데, 마누라는 전생의 무슨 은혜로 이 세상에서 나와 부부가 되었는지 모르겠소. 앞 못 보는 가장인 나를 일시

　붙이던 사각형의 헝겊.

* 일수(日收) : 일정한 기간 비싼 이율로 돈을 꾸어 주고 본전의 얼마와 이자를 날마다 거두어들이는 일.

* 장리(長利) : 봄에 곡식을 꾸어 주고 가을에 본디 곡식의 절반을 이자로 받는 일.

* 음전하다 : 말이나 행동이 점잖고 우아하다.

반 때도 놀지 않고 주야로 벌어서 어린아이 보살피듯이 행여 배고플까, 행여 추위할까, 의복과 음식을 때맞추어 극진히 공양하니 나는 편치마는 마누라 고생하는 일이 도리어 불편하오. 이제부터는 나를 공경하는 일을 그만 하고 사는 대로 살아갑시다. 그런데 우리 나이 사십이 가까우나 슬하에 일점혈육*이 없어 조상께 제사 드리는 일을 끊게 되었으니, 죽어 지하에 간들 무슨 면목으로 조상을 대면하리오. 우리 부부 신세 생각하면 우리 죽은 뒤에 누가 장사를 지내 주며 해마다 돌아오는 제삿날에 밥 한 그릇, 물 한 모금 떠 놓겠소. 이름 있는 산과 큰 절에 정성으로 기도하여 다행히 아들이든 딸이든 낳으면 평생 한을 풀 터인즉 지성으로 빌어 보오."

곽씨 부인이 대답하였다.

"옛글에 이르기를, 불효하는 것 삼천 가지 조건 중에 자식이 없어 대를 잇지 못하는 것이 가장 크다고 하였습니다. 우리가 자식이 없는 것은 다 저의 죄입니다. 저는 쫓겨나 마땅한 사람인데,*③ 서방님의 넓으신 덕택으로 지금까지 지내 왔습니다. 자식 두고 싶은 마음은 저 역시 간절하여 몸을 팔고 뼈를 간들 못하겠습니까마는, 살림 형편은 어렵고 서방님의 바르고 큰 뜻을 몰라 말

---

* 일점혈육(一點血肉) : 자기가 낳은 단 하나의 자녀.
* 저는 쫓겨나 마땅한 사람인데 : 남편이 아내를 내쫓을 수 있는 일곱 가지 경우를 이르는 칠거지악 중 첫째가 아들을 낳지 못하는 것이므로 이렇게 말한 것이다. 140쪽 미주 ③ 참조.

하지 못하였습니다. 이제 먼저 말씀하시니 지성으로 기도하겠습니다."

곽씨 부인은 품 팔아 모은 재물을 다 써 가며 온갖 공을 들였다. 이름난 산과 큰 절, 신령스런 신당을 모신 집, 오래된 사당, 서낭당에 가서 기도하고 여러 보살님과 미륵님께 온갖 불공을 드리며 갖가지 시주를 하였다. 또 집에 있는 날은 집 안에 모신 성주신,* 조왕신,* 지신*께 극진히 제사를 지냈다. 이렇게 정성을 드리니 공든 탑이 무너지며 속이 찬 나무 꺾어질까.

곽씨 부인이 갑자년 사월 초파일에 꿈을 꾸었는데, 상서로운 기운이 공중에 서리고 청·황·홍·백·흑의 오색이 찬란하게 비치는 중에 한 선녀가 학을 타고 하늘에서 내려왔다. 선녀는 여러 가지 빛깔과 무늬가 있는 옷을 입었고, 머리에는 아름답게 장식한 관을 썼다. 허리에는 예쁜 패옥을 차고 있는데, 옥으로 만든 패물 부딪히는 소리 쟁쟁하였다. 선녀가 손에 계수나무 한 가지를 들고 부인에게 공손히 머리 숙여 예를 올린 다음 곁에 와서 앉았다. 이런 거동은 달의 화신이 품 안에 드는 듯하고, 관세음보살이 바다 가운데에서 다시 돋아난 듯하여 심신이 황홀하였다.

그 선녀가 말하였다.

---

* 성주신 : 집을 지킨다는 신.
* 조왕신 : 부엌을 맡아 본다는 신.
* 지신(地神) : 땅을 맡아 주관한다는 신.

"저는 서왕모④의 딸인데, 반도*를 바치러 가는 길에 선녀인 옥진 비자를 만나 잠시 이야기하다 시각을 좀 어겼으므로 옥황상제께 죄를 얻어 인간계로 쫓겨나서 갈 바를 모르고 있었습니다. 그런데 태상노군*과 땅을 맡은 후토 부인, 여러 부처님과 보살, 석가 여래님이 귀댁으로 지시하기에 왔으니 어여삐 여기옵소서."

이렇게 말하면서 품 안에 들므로 놀라 깨니 한바탕 헛된 꿈이었다. 곽씨 부인이 즉시 심 봉사를 깨워 꿈 이야기를 하니, 심봉사도 같은 꿈을 꾸었다고 하였다.

그날 밤에 어찌하였던지 과연 그달부터 태기가 있었다. 곽씨 부인은 자리가 바르지 않으면 앉지 아니하고, 반듯하게 자르지 않은 음식은 먹지 않았다. 음란한 소리는 듣지 않고, 나쁜 색은 보지 않았다. 그리고 가장자리에는 서지 않으며 삐뚤어지게 눕지 않았다.

이렇게 하여 열 달을 지냈는데, 하루는 해산 기미가 있었다.

"애고 배야. 애고 허리야."

심 봉사는 한편 반갑고 한편 놀라 짚 한 줌 정히 추려 놓고, 그 위에 정화수 사발을 소반에 받쳐 놓은 뒤 단정히 꿇어앉아 빌었다.

"비나이다. 비나이다. 삼신*을 비롯한 여러 신께 비나이다. 곽씨 부인 노산이오니 헌 치마에서 오이씨가 빠지듯 순산하게 하여

* 반도(蟠桃) : 삼천 년마다 한 번씩 열린다는 선경에 있는 복숭아.
* 태상노군(太上老君) : 도가에서 노자를 높여 부르는 말.
* 삼신(産神, 胎神) : 아기의 점지, 출산 및 육아를 맡아 보는 신.

주옵소서."

그때 뜻밖에 향내가 방 안에 가득하고 오색 안개가 집을 둘러 혼미한 중에 과연 딸이 태어났다.

심 봉사가 탯줄을 잘라 뉘어 놓고 만족하여 아주 기뻐하는데, 곽씨 부인이 정신을 차려 물었다.

"여보시오, 봉사님. 남녀 간에 무엇이오?"

심 봉사 크게 웃으며 말하였다.

"아기 샅을 만져 보니 손이 나룻배 지나듯 문득 지나가는 걸로 보아, 아마도 묵은 조개가 햇조개를 낳았나 보오."

이 말을 들은 곽씨 부인 서러워하며 말하였다.

"신불에게 정성껏 빌어 뒤늦게 낳은 자식이 딸이라 하니 정말 섭섭하오."

심 봉사가 말하였다.

"마누라, 그 말 마오. 첫째는 순산이오. 딸이라도 잘 두면 어느 아들 주어 바꾸겠소. 우리 이 딸 고이 길러 예절 먼저 가르치고, 바느질과 길쌈을 익히게 합시다. 그리고 요조숙녀*로 길러 좋은 짝을 가려 혼인하게 하여 잘살면, 외손주가 우리를 받들 것 아니겠소."

심 봉사는 첫 국밥 얼른 지어 삼신상에 받쳐 놓고 의관을 반듯하게 하고 두 손을 비비며 빌었다.

---

* 요조숙녀(窈窕淑女) : 마음씨가 착하고 얌전하며 자태가 아름다운 여자.

"비나이다, 비나이다. 하늘에 계시는 하느님, 부처님, 삼신님께 비오니, 여러 신들께서 뜻을 같이하시어서 보살펴 주십시오. 사십 후에 갖게 된 자식 뱃속에서 열 달 동안 곱게 자라 순산한 것은 삼신님의 덕입니다. 무남독녀 딸이오니 동방삭*의 명을 주시고 태임의 덕행을 닮게 하시며, 순임금과 증삼의 효행을 본받고 반희*의 재질과 석숭*의 복을 타고나게 해 주십시오. 그리고 오이가 불어 자라듯, 달이 점점 불어 커지듯 잔병 없이 무럭무럭 자라게 해 주십시오."

심 봉사는 빌기를 마친 뒤에 더운 국밥을 퍼다가 산모를 먹이고 나서 혼잣말로 아기를 얼렀다.

"금자동아 옥자동아,* 어허 귀여운 내 딸아, 표진강에 빠져 죽은 숙향이가 네가 되어 환생하였느냐?⑤ 은하수 직녀성이 네가 되어 내려왔느냐? 좋은 밭과 기름진 논을 장만한들 이에서 더 반가우며, 산호와 진주를 얻은들 이보다 더 반가울까. 어디 갔다 인제와 생겼느냐?"

이렇게 즐기며 며칠을 지냈는데, 뜻밖에 곽씨 부인이 산후에 생기는 병이 났다.

---

* 동방삭(東方朔) : 장수하기로 이름난 사람인데, 삼천갑자를 살았다고 한다.
* 반희(班姬) : 문장과 지혜가 뛰어났다고 전해 오는 중국 한나라 때 여자.
* 석숭(石崇) : 중국 진나라 때의 이름난 부자.
* 금자동아 옥자동아 : 어린아이를 금이나 옥같이 귀하고 보배롭다는 뜻으로 이르는 말.

곽씨 부인이 산후병으로 세상을 떠나다

어질고 착한 곽씨 부인이 애기 낳은 지 한 이레가 채 되기 전에 바깥바람을 많이 쐬어 병이 난 것이다. 곽씨 부인은

"애고 배야. 애고 머리야. 애고 가슴이야. 애고 다리야."

하고 신음하며 심히 앓았다.

심 봉사 기가 막혀 아픈 데를 두루 만지며 말하였다.

"여보, 정신 차려 말을 하오. 체하였는가, 삼신님이 트집 잡아 일으킨 병인가?"

병세가 점점 심해지자 심 봉사가 겁을 내어 건넛마을 성 생원을

모셔다가 진맥을 하고 나서 약을 썼다. 온갖 약을 썼으나 죽을병인지 효험이 없었다. 병세 점점 위중하여 하릴없이* 죽게 되니, 곽씨 부인이 살지 못할 줄 알고 심 봉사의 손을 잡고 말하였다.

"봉사님, 후유!"

한숨 길게 쉬고 말을 하였다.

"우리 둘이 서로 만나 백년해로*하려고 마음먹고, 가난한 살림을 맡아 하면서 앞 못 보는 가장을 잘 공경하려고 애를 썼습니다. 바람과 추위와 더위와 습기를 가리지 않고 품을 팔아 밥도 받고 반찬도 얻어, 식은 밥은 내가 먹고 더운밥은 서방님 드려 배고프지 않고 춥지 않게 극진히 모셨습니다. 그런데 천명이 이뿐인지, 인연이 끊어졌는지 하릴없소. 내가 없으면 누가 헌 옷을 지어 주며 맛있는 음식을 권하리까. 눈 어두운 우리 가장 의탁할 곳이 없어 바가지 손에 들고 지팡막대 짚고 때맞추어 나가다가 구렁에 빠지고, 돌에 채여 넘어져서 신세 한탄하며 우는 모습 눈으로 보는 듯합니다. 집집마다 찾아가서 밥 달라고 하는 슬픈 소리 귀에 쟁쟁하게 들리는 듯합니다. 나 죽은 후 혼백인들 차마 어찌 듣고 보겠습니까? 명산대찰에 신공 드려 사십에 낳은 자식 젖 한 번 못 먹이고 얼굴도 채 못 보고 죽는 것이 웬일인가. 전생에 무슨 죄로 이승에 생겨나서 어미 없는 어린것이

---

* 하릴없이 : 달리 어떻게 할 도리 없이.
* 백년해로(百年偕老) : 부부가 한평생 같이 지내며 함께 늙음.

뉘 젖 먹고 살아갈까. 가군의 일신도 주체 못하는데 또 저것을 어찌합니까. 멀고 먼 황천길을 눈물겨워 어찌 가며, 앞이 막혀 어찌 갈까. 저 건너 이 동지* 집에 돈 열 냥 맡겼어요. 그 돈 열 냥 찾아다가 초상에 보태어 쓰시오. 해산한 뒤에 먹으려고 장 안에 쌀을 마련해 두었으나, 못다 먹고 죽어 가니 나의 사정 기막히오. 첫 삭망*이나 지내고 나서 두고 양식 하십시오. 진 어사 댁 관복 한 벌 흉배 학을 놓다가 못다 하고 보에 싸서 밑의 농에 넣어 두었는데, 나 죽어 초상 후에 찾으러 오거든 염려 말고 내어 주오. 그리고 건넛마을 귀덕 어미 나와 절친하게 지냈으니, 어린아이 안고 가서 젖을 먹여 달라 하면 응당 괄시 아니할 것이오. 천행으로 이 자식이 죽지 않고 자라나서 제 발로 걷거든 앞세우고 길을 물어 내 무덤 앞에 찾아와서 '너의 죽은 모친 무덤이로다.' 가르쳐 모녀 상면하면 영혼이라도 원이 없겠소. 천명을 어길 길이 없어 앞 못 보는 가장에게 어린 자식 맡겨 두고 영영 이별하고 돌아가오. 가군의 귀하신 몸 애통하여 상치 말고 건강에 유의하오. 이승에서 다하지 못한 인연 다음 세상에서 다시 만나 이별 말고 삽시다. 애고애고, 내가 깜빡 잊었소. 저 아이 이름을 심청이라 지어 주고, 내가 끼던 옥지환이 함 속에 있으니 심청이 자라거든 날 본 듯이 내어 주오. 나라에서 상으로 준

---

* 동지(同知) : 조선 시대에 중추부에 속한 종이품 벼슬.
* 삭망(朔望) : 상중에 있는 집에서 매달 초하루와 보름에 지내는 제사.

'수복강녕'*과 '태평안락'*이란 글을 양편에 새긴 돈을 빨간 모직 주머니에 넣고 주홍색 비단실로 매듭을 지어 달아 두었으니 그것도 내어 주오."

곽씨 부인이 잡았던 심 봉사의 손을 놓은 다음 한숨짓고 돌아누워 어린아이 잡아당겨 얼굴을 대어 보고, 혀를 낄낄 차며 말하였다.

"천지도 무심하고 귀신도 야속하다. 네가 진작 생겼거나 내가 좀 더 살거나 하여야 할 터인데, 너 낳자 나 죽으니 하늘 끝까지 사무치는 슬픔을 품게 되는구나. 죽은 어미, 사는 자식 생사 간에 무슨 죄냐. 너는 누구 젖을 먹고 살아나며 누구 품에서 잠을 잔단 말이냐. 애고 아가, 내 젖을 마지막으로 먹고 어서어서 자라거라."

곽씨 부인이 이렇게 말하며 흘리는 눈물이 낯을 흠뻑 적셨다. 곽씨 부인이 길게 내쉬는 한숨은 구슬픈 바람이 되고, 흐르는 눈물은 쓸쓸하게 내리는 비가 되었다. 하늘은 나직하고 시커먼 구름이 자욱하게 깔렸는데, 수풀에서 우는 새는 쓸쓸함을 드러내고, 시내를 돌아 흐르는 물도 목이 메어 울며 흘러갔다. 사정이 이러하니 사람이야 어찌 아니 서러워하랴.

곽씨 부인이 딸꾹질을 두세 번 하고 숨이 덜컥 지니, 심 봉사 그제야 죽은 줄 알고 통곡하였다.

"애고애고 마누라, 참으로 죽었는가? 이게 웬일인고!"

---

* 수복강녕(壽福康寧) : 오래도록 살고 행복하며 몸이 건강하고 평안함.
* 태평안락(太平安樂) : 몸이나 마음이나 집안 등이 아무 걱정 없이 평안하고 즐거움.

가슴을 꽝꽝 두드리고 머리를 여기저기에 탕탕 부딪치며, 이리저리 뒹굴고 발을 구르며 소리쳤다.

"여보 마누라, 그대 살고 내가 죽으면 저 자식을 키울 수 있지만, 내가 살고 그대 죽으면 저 자식을 어찌 키운단 말이오. 애고애고, 모진 목숨 살자 하니 무엇 먹고 살며, 함께 죽자 한들 어린 자식 어찌할까! 애고, 동지섣달 찬바람에 무엇 입혀 키우며, 달은 지고 침침한 빈방 안에서 젖 달라고 울 때에 누구 젖을 먹여 살려낼까. 마오 마오! 제발 덕분 죽지 마오. 평생 정한 뜻이 함께 살다가 죽어 같은 무덤에 묻히자 하더니, 염라국이 어디라고 날 버리고, 저것 두고 죽는단 말인가. 이제 가면 언제 오리. 애고, 푸른 봄과 짝하여 고향에 돌아오려는가. 달 밝은 밤에 달을 따라서 오려는가. 꽃은 졌다가 다시 피고, 해도 졌다가 다시 돋건마는 우리 마누라 가신 데는 가면 다시 못 오는가. 삼천 년에 한 번 여는 복숭아가 자라는 연못 가로 서왕모를 따라갔나. 월궁에 산다는 선녀 항아의 짝이 되어 약 방아를 찧으러 올라갔나. 황릉묘 이비*와 함께 마음에 품은 정을 말하러 갔나. 회사정에서 하늘을 우러러보며 통곡하던 사씨 부인 찾아갔나.* 나는 누구를 찾아갈까.

---

* 이비(二妃) : 요임금의 두 딸 아황과 여영인데, 순임금의 아내가 되었다. 이비는 순임금이 남쪽 지방을 순행하다가 창오산에서 죽자 이곳 상강 가에 와서 울다가 죽어 황릉묘에 묻혔다.
* 회사정에서 하늘을 우러러보며 통곡하던 사씨 부인 찾아갔나 : 「사씨남정기」에 나오는 사실. 사씨 부인은 교씨와 동청의 간계로 집을 쫓겨나 회사정에서 유서를 쓰고, 하늘을 쳐다보며 슬피 울었다.

애고애고, 설운지고."

이렇듯이 애통할 제 도화동 사람들이 남녀노소 없이 모여 와서 눈물 흘리며 말하였다.

"어질고 현명하던 곽씨 부인 불쌍히도 죽었구려. 우리 동네 백여 집이 힘을 합하여 장례나 치러 줍시다."

동네 사람들이 이 일을 의논하는데, 마치 한 입에서 나오는 말처럼 똑같았다. 시신에 입힐 옷과 이불·관을 정성껏 마련하고, 남쪽으로 향한 자리를 골라서 삼 일 만에 출상하는데 상엿소리가 매우 슬펐다.

원어원어 원어리 넘차 원어

북망산*이 멀다더니,

건넛산이 북망일세.

원어원어 원어리 넘차 원어

황천길이 멀다더니,

방문 밖이 황천이라.

원어원어

불쌍하다 곽씨 부인

행실도 음전하고 재질도 남다르더니,

늙지도 젊지도 아니하여서

---

* 북망산(北邙山) : 무덤이 많은 곳이나 사람이 죽어서 묻히는 곳을 이르는 말.

영결종천*하였구나.

원어원어 원어리 넘차 원어어화너화 원어

이리저리 건너갈 제 심 봉사가 어린아이 강보에 싸 귀덕 어미에게 맡겨 둔 채, 지팡막대를 짚고 논틀밭틀* 쫓아와서 상여 뒤채 부여잡고 목이 쉬어 크게 울지도 못하며 말하였다.

"여보 마누라, 내가 죽고 마누라가 살아야 어린 자식 살려 내지. 천하에 몹쓸 마누라, 그대 죽고 내가 살아서 한 이레도 못 지낸 어린 자식을 앞 못 보는 내가 어찌 키워 낸단 말이오. 애고애고!"

심 봉사가 슬피 울며 따라갈 제 산소 자리에 당도하여 안장하고 봉분을 만든 뒤에 심 봉사가 서러운 마음을 담은 제문을 지어 읽었다.

아아 슬프다. 부인이여!

아름답고 어진 여인으로

행실과 범절이 옛사람에 비해 부족함이 없었소.

백년해로하자고 하였더니

갑자기 죽어 어디로 가셨소.

어린 자식을 남기고 영영 갔으니

---

* 영결종천(永訣終天) : 오래도록 살고 행복하며 몸이 건강하고 평안함.
* 논틀밭틀 : 논두렁과 밭두렁을 따라서 난 꼬불꼬불하고 좁은 길.

이것을 어찌 길러 내며,

돌아올 수 없는 저 세상으로 영영 갔으니

어느 때나 오려는가.

소나무와 가래나무를 집을 삼아

자는 듯이 누웠구려.

음성과 모습을 생각하니

아득히 멀어 보고 듣기 어렵구려.

이부자리에 흘러내려 젖는 눈물 피가 되고,

마음에 원한이 서려 살 길이 전혀 없네.

마음에 둔 부인이 저 세상에 있으니

바라본들 어이 하며,

근심으로 울적하고 답답하니

누구를 의지하나.

백양나무 가지 끝으로 달이 져서 산은 적적하고 밤은 깊은데,

귀신의 소리가 들리는 듯하니

무슨 말을 하소연한들

이승과 저승이 막혀 길이 다르니

뉘라서 위로하리.

다음 세상에서 다시 만나

이승에서 못다 한 일 하여 보세.

술과 과일과 포와 식혜를 차린 간략한 제전이지만

많이 먹고 돌아가오.

심 봉사가 제문을 다 읽더니 몸의 중심을 잃고 나뒹굴며 소리쳤다.
"애고애고, 이게 웬일이오. 가오 가오. 날 버리고 가는 부인 한탄
하여 무엇 하리. 황천으로 가는 길에 주막이 없으니 뉘 집에 가서
자고 가오. 가는 데를 나에게 일러 주오."
심 봉사의 애통해함이 지나치기에 장사 지내러 모인 손님들이 만
류하였다.
　심 봉사가 돌아와 집으로 들어가니 부엌은 적적하고 방은 텅 비
었다. 어린아이 달래다가 빈방 안에 태백산 갈까마귀 게발 물어 던
진 듯이* 홀로 누웠으니 마음이 온전하겠는가. 벌떡 일어서더니 이
불도 만져 보고, 베개도 더듬어 본다. 전에 덮던 이부자리는 전과
같이 있지만, 뉘와 함께 덮고 잘 것인가. 농짝도 쾅쾅 쳐 보고, 바느
질 상자도 덥석 만져 보고, 받던 밥상도 더듬더듬 만져 보았다. 부
엌을 향하여 공연히 불러도 보며 이웃집 찾아가서 공연히
　"우리 마누라 예 왔소?"
하고 물어보기도 하였다.

_____

* 태백산 갈까마귀 게발 물어 던진 듯이 : 매우 외로운 신세임을 뜻하는 속담.

심 봉사가 젖동냥으로 심청을 기르다

심 봉사는 어린아이 품에 안고 탄식하였다.

"너희 어머니가 무심하여 너를 두고 죽었구나. 오늘은 젖을 얻어먹었으나 내일은 뉘 집에 가 젖을 얻어먹고 올까? 애고애고, 야속하고 무상한 귀신이 우리 마누라를 잡아갔구나!"

심 봉사는 이처럼 애통해하다가 맺혔던 생각을 풀어 버리고 스스로 생각하였다.

'죽은 사람이 다시 살아날 수는 없으니 할 수 없고, 이 자식이나 잘 키워 내자.'

심 봉사는 어린아이 있는 집을 차례로 물어 찾아다니며 동냥젖을 얻어 먹였다. 눈 어두워 보지는 못하나 귀는 밝아 눈치로 가늠하고 앉았다가 날이 샐 적에 우물가에서 여인들의 말소리가 들리면 얼른 아기를 안고 가서 말하였다.

"여보시오 마누라님, 아씨님, 이 자식 젖을 좀 먹여 주오. 나를
보거나 우리 마누라 살았을 제 정답게 지내던 일을 생각하여 거
절하지 마시오. 어미 없는 어린것이 불쌍하지 않습니까. 댁의 귀
한 아기 먹이고 남은 젖 한 통 먹여 주시오."

이렇게 말을 하니 부인들은 거절하지 않았다.

또 육칠월에 김매는 여인을 쉴 참에 찾아가서 얻어 먹이고, 또 시냇가 빨래터로 빨래하는 여인을 찾아가서 얻어 먹였다. 어떤 부인은 아이를 달래다가 따뜻이 먹여 주며 다음에 또 찾아오라 하였다. 또 어떤 여인은

"이제 막 우리 아기를 먹여 젖이 없으니 다음에 오시오."

하였다.

심 봉사는 심청이 젖을 많이 얻어먹어 배가 불룩해지면 좋아서 양지 바른 언덕 밑에 쪼그리고 앉아 아기를 얼렀다.

"아가 아가, 자느냐? 아가 아가, 웃느냐? 어서 커서 너의 모친같
이 어질고 현명하며 효행을 본받아 아비에게 귀함을 보여라."

어린아이를 맡길 데가 없는 심 봉사는 아이를 젖 먹여 뉘어 놓고 틈틈이 동냥을 다녔다. 삼베 자루의 가운데를 묶은 뒤에 한 머리는

쌀을 받고, 한 머리는 벼를 받아 모았다. 장날마다 장에 가서 한 푼 두 푼 얻어 모아서 엿이나 홍합을 사다가 암죽을 끓여 먹였다. 이렇게 지내면서도 심 봉사는 곽씨 부인의 삭망 제사와 소상,* 대상* 제사를 정성껏 지냈다.

심청은 장래 귀히 될 사람이라 하늘과 땅의 여러 신과 부처님이 도와주어 잔병 없이 무럭무럭 자랐다. 무정한 세월이 물 흐르듯 흘러 심청의 나이 예닐곱 살이 되었다. 심청의 얼굴은 나라 안에서 제일가는 미인이고, 행동은 민첩하였다. 효행은 하늘이 낸 듯하고, 소견이 빼어나며 인자하였다. 어린 심청이 부친 공양을 극진히 하고, 모친 제사를 법도에 맞게 하니 모든 사람이 칭찬하였다.

---

* 소상(小祥) : 사람이 죽은 지 일 년 만에 지내는 제사.
* 대상(大祥) : 사람이 죽은 지 두 돌 만에 지내는 제사.

심청이 동냥과 품팔이로 아버지를 봉양하다

하루는 심청이 아버지께 여쭈었다.

"하찮은 날짐승인 까마귀도 자란 뒤에는 늙은 어미에게 먹을 것을 물어다 주는데, 하물며 사람이 그만 못해서야 되겠습니까. 아버지는 눈이 어두우신데 밥을 빌러 다니시다가 넘어져 다치기 쉽습니다. 또 날이 궂거나 비바람 불고 서리 내리는 날 추워 병이 나실까 밤낮으로 걱정입니다. 제 나이 이제 여덟 살입니다. 낳아서 길러 주신 아버지의 은덕을 이제 봉양 못하면, 불행을 당한 뒤에 애통해한들 무슨 소용이 있습니까. 오늘부터 아버지께서 집

을 지키시면, 제가 나서서 밥을 빌어다가 끼니 걱정을 하지 않게
하겠습니다."

심 봉사 웃으며 말하였다.

"네 말이 기특하다. 네 마음은 알겠으나, 어린 너를 내보내고 앉
아 받아먹는 내 마음이 어찌 편하겠느냐. 그런 말 다시 말아라."

이 말을 들은 심청이 다시 여쭈었다.

"공자의 제자 자로는 어진 사람으로, 흉년을 만나 쌀이 귀하니
백 리 길을 걸어가서 쌀을 구해다가 부모를 공양하였다고 합니
다. 중국 한나라의 제영은 어린 여자로되 감옥에 갇힌 아비를 위
하여 제 몸을 팔아 속죄하였다고 합니다. 그런 일을 생각하면 사
람이 옛날과 지금이 다르겠습니까? 고집하지 마십시오."

심 봉사가 딸의 말을 옳게 여겨,

"기특하다 내 딸아. 효녀로다 내 딸아. 네 말대로 그리 하여라."

하고 허락하였다.

심청은 이날부터 먼 산에 해 비치고 앞마을에 연기 나면 밥을 빌
러 다녔다. 심청의 차림을 보면, 헌 베바지에 대님* 치고, 말기*만
남은 베치마와 앞섶 없는 저고리를 입었다. 머리에는 푸른 무명으
로 만든 모자를 눌러쓰고, 버선도 없이 맨발로 뒤축 없는 신을 신
었다. 심청은 헌 바가지 옆에 끼고, 작은 단지에 노끈 매어 손에 는

---

* 대님 : 한복에서 바지를 입은 뒤에 그 가랑이의 끝 쪽을 접어서 발목을 졸라매는 끈.
* 말기 : 치마나 바지 따위의 맨 위에 둘러서 댄 부분.

채 눈 내리는 추운 날에 추운 줄도 모르고 이 집 저 집 문 앞에 가서 슬프고 간절한 소리로 말하였다.

"모친은 세상 버리시고, 우리 부친 눈 어두워 앞 못 보는 줄 뉘 모르시리까. 십시일반*이오니 밥 한술 덜 잡수시고 주시면 눈 어두운 저의 부친 시장을 면하겠습니다."

이를 보고 듣는 사람들이 감격하여 밥, 김치, 장을 아끼지 않고 주었다. 혹 먹고 가라고 붙드는 사람이 있으면 심청은 이렇게 말하였다.

"늙은 아버지가 추운 방에서 기다리고 계시는데 혼자 먹겠습니까? 어서 바삐 돌아가서 아버지와 함께 먹겠나이다."

심청은 몇 집 다니며 밥을 얻은 뒤에 속히 집으로 돌아와서 말하였다.

"아버지, 추우시지요? 아버지, 시장하시지요? 아버지, 많이 기다리셨지요? 몇 집 다니다 보니 자연히 더디어졌어요."

심 봉사는 딸을 보내고 마음을 둘 데 없어 탄식하다 심청의 목소리가 들리자 반가워서 문을 펄쩍 열고 두 손을 덥석 잡으며 말하였다.

"손 시렵지?"

손을 입에 대고 훌훌 불고 발도 차다면서 어루만졌다. 그리고 혀를 끌끌 차고 눈물 흘리며 말하였다.

"애고애고, 애닯도다 너의 모친! 불쌍하다 나의 팔자야! 너로 하

---

* 십시일반(十匙一飯) : 열 사람이 밥 한 숟가락씩 덜어서 모으면 한 그릇이 된다는 말.

여금 밥을 빌어먹고 산단 말이 웬 말인가! 애고애고, 모진 목숨 구차히 살아서 자식 고생시키는구나!"

효성이 지극한 심청은 부친을 위로하며 말하였다.

"아버지, 그런 말씀 마십시오. 부모를 봉양하고 자식의 효도를 받는 게 하늘의 이치에 떳떳하고, 사람의 도리로도 당연하니 너무 걱정 마십시오. 어서 진지나 잡수십시오."

심청은 저의 부친 손을 잡고,

"이것은 김치요, 이것은 간장입니다. 시장하신데 많이 잡수세요."

하며 음식을 권하였다.

심청은 부친을 공양하느라고 춘하추동 사시절을 동네 걸인 노릇하며 몇 해를 지냈다. 심청은 나이 들면서 재주가 있고 행동이 민첩하며 바느질 솜씨가 뛰어났다. 그래서 동네 바느질을 해 주고 삯을 주면 받아 모아 부친의 의복을 마련하고, 반찬거리를 장만하였다. 일이 없는 날은 밥을 빌어 근근이 연명하였다.

장 승상 부인이 심청을 수양딸 삼으려 하다

　　　　　　　세월이 물같이 흘러 심청의 나이 열다섯 살이 되니, 얼굴이 가을 달처럼 아름답고 효행이 뛰어나며 사리에 밝아 일 처리를 아주 잘하였다. 이는 하늘이 낸 아름다운 자질이라 할 만하였다. 이것을 가르쳐 행할 수 있겠는가. 정말로 여자 중의 군자요, 새 중의 봉황이라 하겠다. 이러한 소문이 널리 퍼져 모르는 사람이 없었다.

　하루는 건넛마을 무릉촌 장 승상* 댁 시비*가 부인의 명을 받고

---

* 승상(丞相) : 옛 중국의 벼슬. 우리 나라의 정승에 해당한다.
* 시비(侍婢) : 곁에서 시중을 드는 계집종.

와서 심청을 청하였다. 심청이 부친께

"어른이 부르시니 시비와 함께 다녀오겠습니다. 만일 가서 더디
어도 잡수시다 남은 진지 · 반찬 · 수저, 상을 보아 탁자 위에 두
었으니 시장하시거든 잡수십시오. 부디 제가 오기를 기다려 조
심하세요."

하고 시비를 따라갔다.

심청이 따라가면서 시비가 손을 들어 가리키는 데를 바라보니
문 앞에 심은 버들이 봄빛을 자랑하고 있었다. 대문 안에 들어서니
왼쪽의 벽오동은 맑은 이슬이 뚝뚝 떨어져 학의 꿈을 놀라 깨게 하
고, 오른쪽의 키 작고 옆으로 퍼진 소나무는 부드럽고 맑은 바람이
건듯 부니 늙은 용이 꿈틀거리는 듯하였다. 중문 안에 들어서니 창
앞에 심은 화초의 속잎이 빼어났다. 높은 누각 앞의 연못에는 갈매
기가 놀고 있는데, 연 잎이 물 위로 둥실 떠 있고, 물수리가 쌍쌍이
노닐며 금붕어가 헤엄치고 있었다. 안 중문을 들어서니 사는 집이
굉장하고 무늬와 수로 꾸민 창도 찬란하였다.

방에 들어가자 쉰이 넘은 부인이 앉아 있는데, 입은 옷이 매우 단
정하고 피부가 곱고 아름다워 복이 많은 부인 같았다. 부인이 심청
을 보고 반기며 손을 잡고 말하였다.

"네가 심청이냐? 과연 듣던 말과 같구나."

부인은 청에게 자리를 권하여 앉힌 뒤에 불쌍하고 가련함을 위로
하였다. 그리고 얼굴을 자세히 보니 하늘이 낸 빼어난 미인이었다.

단정히 앉아 있는 모습은 흰 돌이 비치는 맑은 강가에 봄비가 내린 후 앉아 있던 제비가 사람을 보고 놀라는 듯하고, 황홀한 얼굴은 하늘 한가운데 떠 있는 달이 수면에 비친 듯하였다. 맑고 고운 눈빛은 맑은 새벽 하늘에서 반짝이는 샛별 같고, 두 뺨의 고운 빛은 저녁놀이 새로 핀 부용에 비치는 듯하였다. 예쁜 눈썹은 초승달과 같고, 검고 윤기 있는 머리는 새로 자란 난초와 같으며, 양쪽 귀밑의 머리털은 매미의 귀밑과 같았다. 입을 벌려 웃는 모습은 모란화 한 송이가 하룻밤 비 기운에 피려고 벌어지는 듯하고, 흰 이를 드러내며 말하는 모습은 송나라 고종 황제가 기르던 앵무새[1]와 같았다.

부인이 칭찬하며 말하었다.

"네 전세*를 모르느냐? 분명히 선녀로다. 도화동에 귀양 왔으니, 월궁에서 놀던 선녀가 벗 하나를 잃었구나. 오늘 너를 보니 우연한 일 아니로다. 무릉촌에 내가 있고 도화동에 네가 나니, 무릉촌에 봄이 들고 도화동에 꽃이 피는구나. 천지의 정기를 빼앗아 타고난 너는 정말 비범한 사람이다. 내 말을 들어라. 승상께서는 일찍 돌아가시고 장성한 아들 삼 형제는 모두 황성에 가서 벼슬살이를 하고 있다. 그래서 나는 말벗도 없이 적적하게 지내고 있다. 각 방의 며느리는 혼정신성*한 연후에 각기 제 일을 하니 적적한 빈방 안에서 대하는 것은 촛불이요, 보는 것은 옛 책이다. 너의

---

* 전세(前世) : 이 세상에 태어나기 전 세상.
* 혼정신성(昏定晨省) : 아침저녁으로 부모의 안부를 물어 살핌.

신세 생각하니, 양반의 후예로 생활이 몹시 가난하고 어려워 참으로 불쌍하다. 내 수양딸로 삼아 바느질과 길쌈은 물론 글자와 셈법을 가르치며 내가 낳은 딸처럼 길러 노년에 재미있게 살고 싶다. 네 뜻이 어떠하냐?"

청이 일어나 두 번 절하고 부인께 여쭈었다.

"저는 팔자가 사납고 복이 없어 태어난 지 한 이레 안에 어머니께서 세상을 버리셨으므로, 눈 어두운 아버지가 동냥젖 얻어 먹여 겨우 살았습니다. 어머니 얼굴도 몰라 하늘까지 닿을 만한 아픔이 끊일 날이 없어 저의 부모 생각하여 남의 부모도 공경하였습니다. 오늘 승상 부인께옵서 저의 미천함을 따지지 않고 딸을 삼으려 하시니, 어머니를 다시 뵌 듯 황송하고 감격합니다. 부인의 말씀을 좇으면 제 한 몸은 영화롭고 편하겠지만, 눈 어두운 아버지의 아침저녁 공양과 사철 의복 시중을 누가 들겠습니까. 저를 길러 주신 아버지의 은덕이 크므로 아버지와 헤어지는 일은 할 수 없습니다. 저는 아버지를 어머니 겸 모시고, 저의 아버지는 저를 아들 겸 믿고 사십니다. 아버지 아니었으면 저는 이제까지 살 수 없었습니다. 제가 만일 없어지면, 아버지는 살아 계실 수 없습니다. 사정이 이러하니 서로 의지하며 제 몸이 마치도록 길이 모시려 하옵나이다."

청이 말을 하며 흘리는 눈물이 예쁜 얼굴에 젖는 모습은 봄바람에 흩날리는 가는 비가 복숭아꽃 잎에 맺혔다가 점점이 떨어지는 듯하였다.

부인은 불쌍하고 가련한 마음이 들어 청의 등을 어루만지며 말하였다.

"효녀로다, 효녀로다. 네 말이 응당 그러할 듯하다. 내가 늙어 정신이 어두워서 미처 생각하지 못하고 말하였구나."

청이 부인과 이야기를 하다 보니, 그렁저렁 날이 저물었다. 청이 부인께 여쭈었다.

"부인의 착하신 덕을 입어 종일토록 모셨으니 영광이옵니다. 이제 해가 저물어 가니, 급히 돌아가 부친의 기다리시던 마음을 위로해 드리고자 합니다."

부인은 더 이상 청을 붙잡을 수 없어 허락하였다. 부인은 마음이 애틋하여 좋은 옷감과 양식을 넉넉히 주어 시비와 함께 보내면서 말하였다.

"너는 부디 나를 잊지 말고 어머니처럼 생각하여라. 그러면 늙은 나도 너를 딸로 여기겠다."

"부인의 자비로운 뜻이 이와 같으시니 가르치심을 받겠습니다."

청은 이렇게 대답하고 일어나 절한 뒤에 서둘러서 집으로 향하였다.

심 봉사가 공양미 삼백 석 시주를 약속하다

이때에 심 봉사는 홀로 앉아 청을 기다리는데, 배는 고파 등에 붙고 방은 추위 턱이 떨렸다. 새들은 잘 곳을 찾아 날아들고, 먼 데 절에서는 쇠북 소리가 들렸다. 심 봉사는 날이 저문 줄 짐작하고 혼잣말을 하였다.

"내 딸 심청이는 무슨 일에 골몰하여 날이 저문 줄 모르는고. 주인에게 잡히어 못 오는가? 저물게 오는 길에 동무에게 잠시 들렀는가?"

심 봉사는 지나가는 사람을 보고 짖는 개 소리가 바람결에 들리니, 심청이 오는 줄 알고 반가워하였다. 또 무심히 떨어지는 나뭇

잎이 바람에 날리어 창문에 부딪히자 심청이 오는 자취인 줄 알고 나서면서,

"심청이 너 오느냐?"

하였다. 그러다가 아무 자취 없으니 속은 줄 알고 어이없어하였다.

심 봉사는 더 이상 기다리고 앉아 있을 수 없어 지팡막대 찾아 짚고 사립 밖으로 나섰다가 한 길이 넘는 개천에 밀친 듯이 떨어졌다. 얼굴은 흙투성이가 되고, 의복에는 얼음이 매달렸다. 빠지지 않으려고 뛰니 더 빠지고, 나오려고 하니 미끄러져 하릴없이 죽게 되었다. 소리를 쳐 보았으나 이미 날이 저물고 길이 막혔으니 누가 와서 건져 주겠는가!

참으로 사람을 살리는 자비한 부처는 곳곳에 있는 모양이었다. 이때 마침 몽운사 화주승*이 절을 헐고 다시 지으려고 권선문* 둘러메고 내려왔다. 그는 청산은 어둠에 잠기고 눈 덮인 들판에 달이 솟아오를 제 돌이 많은 좁은 비탈길로 절을 찾아가고 있었다. 그는 바람결에 사람을 구해 달라는 슬픈 소리를 들었다. 자비한 마음을 지닌 화주승이 소리 나는 곳을 찾아가니, 어떤 사람이 개천에 빠져 거의 죽게 되었다. 그는 급한 마음에 마디가 아홉 있는 지팡이와 바리때①를 바위 위에 척척 던지고, 굴갓②과 장삼③을 실띠 달린 채

---

* 화주승(化主僧) : 인가에 다니면서 사람들로 하여금 부처님과 인연을 맺게 하고 시주를 받아 절의 양식을 대는 중.
* 권선문(勸善文) : 절에서 새로 건축하거나 수리할 때 시주한 신도들의 이름과 액수 등을 적는 방명록.

벗어 놓고, 육날 미투리[4] · 행전[5] · 대님 · 버선 훨훨 벗어 놓았다. 위아래로 곧게 누빈 바지저고리를 거듬거듬 걷어 올리고 허겁지겁 달려들어 심 봉사의 상투를 덥석 잡아 어영차 힘을 주어 건져 놓으니 전에 보던 심 봉사였다.

심 봉사가 정신을 차려 물었다.

"게 뉘시오?"

"몽운사 화주승이오."

"그렇지. 사람 살리는 자비로운 부처님이군요. 죽을 사람 살려 주시니 이 은혜는 죽어서 백골이 되어도 잊을 수 없습니다."

화주승이 심 봉사를 업어다가 앉히고 빠진 연고*를 물었다. 심 봉사가 신세 한탄을 하다가 전후 사정을 말하니, 그 말을 들은 중이 다시 심 봉사에게 말하였다.

"참으로 불쌍하오. 우리 절 부처님은 영검*이 많으시어서 빌어서 아니 되는 일이 없고, 구하면 반드시 들어주십니다. 공양미* 삼백 석을 부처님께 올리고 지성으로 불공하면 정녕 눈을 떠서 세상 모든 것을 볼 수 있을 것입니다."

심 봉사가 자기 형편은 생각하지 않고 눈을 뜬다는 말에 혹하여 말하였다.

---

* 연고(緣故) : 사유.
* 영검[靈驗] : 사람의 기원대로 되는 신기한 징험.
* 공양미(供養米) : 부처님께 바치는 쌀.

"그러면 삼백 석을 적어 가시오."

화주승이 허허 웃고,

"여보시오, 댁의 가세를 살펴보니 어려워 보이는데, 삼백 석을 무슨 수로 내겠소?"

하니, 심 봉사 홧김에 말하였다.

"여보시오, 어느 쇠아들놈이 부처님께 적어 놓고 빈말하겠소? 눈뜨려다가 앉은뱅이 되게요? 사람 업신여기는 거요? 염려 말고 적으시오."

화주승이 바랑에서 권선문을 꺼내어 펼쳐 놓고, 제일 위층의 붉은 찌*에 '심학규 백미 삼백 석'이라고 적은 후에 작별 인사를 하고 갔다.

심 봉사가 중을 보내고 다시금 생각하자 시주 쌀 삼백 석을 마련할 길이 없어 걱정이 태산 같았다. 복을 빌려다가 도리어 죄를 얻게 되었으니, 이 일을 어찌한단 말인가! 이 설움, 저 설움, 묵은 설움, 해 설움이 동무 지어 일어나니 견디지 못하여 울음 운다.

"애고애고 내 팔자야. 망령되도다, 내 일이여. 하느님의 마음은 지극히 공평하시어 넉넉하고 부족함이 없건마는, 나는 무슨 일로 맹인이 되어 형세조차 간구하고, 일월같이 밝은 것을 분별할 길 전혀 없으며, 처자 같은 가까운 사람을 대하여도 못 보는가!

---

* 찌 : 특별히 기억할 만한 것을 표하기 위하여 그대로 글을 써서 붙이는 좁고 기름한 종잇조각.

우리 죽은 아내 살았더라면 조석 근심 없을 것을. 다 커 가는 딸 자식을 온 동네에 내놓아서 품을 팔고 밥을 빌어다가 겨우겨우 끼니를 이어 가는데, 공양미 삼백 석을 호기 있게 적어 놓고 백 가지로 생각한들 방책이 없구나. 빈 단지를 기울여 보아도 한 되 곡식 없고, 장롱을 뒤져 보아도 한 푼 돈이 있을 까닭 없다. 한 칸 오두막집을 팔자고 하여도 비바람을 피하지 못하는 집을 살 사람이 있겠는가! 내 몸을 팔자 하나 한 푼도 오히려 비싸니, 나라도 사지 않을 터인데 누가 사겠는가? 어떤 사람은 팔자 좋아 이목구비 완전하고, 팔다리 온전하여 부부 해로하면서 자손이 집안에 가득하고, 곡식이 곳간에 가득하며, 재물이 넘쳐서 써도 없어지지 않아 그리운 것 없건마는. 애고애고 내 팔자야, 나 같은 이 또 있는가! 앉은뱅이 · 곱사등이 서럽다 한들 부모 처자 바로 보고, 말 못하는 벙어리도 서럽다 한들 세상 모든 것을 다 보네."

한참 이처럼 탄식하고 있을 때 심청이 바삐 와서 저의 부친 모양 보고 깜짝 놀라서 발을 구르고 온몸을 두루 만지면서 말하였다.

"아버지, 이게 웬일입니까? 저를 찾아 나오시다가 이런 욕을 보셨습니까? 이웃집에 가셨다가 이런 봉변을 당하셨습니까? 춥기는 오죽하며, 분한 마음인들 오죽하리까? 승상 댁 노부인이 굳이 잡고 만류하는 바람에 이렇게 늦었습니다."

심청이 승상 댁 시비에게

"부엌에 있는 나무로 아궁이에 불을 피워 주시오."

부탁하고, 치마폭을 거듬거듬 걸어잡고 눈물 흔적 씻으면서 밥상을 차렸다.

"아버지, 진지를 잡수세요. 더운 진지 가져왔습니다. 국물 먼저 잡수세요."

심청은 아버지의 손을 끌어다가 가리키며 권하였다.

"이것은 김치요, 이것은 자반입니다."

심청은 아버지가 얼굴에 수심이 가득하고 밥 먹을 뜻이 전혀 없음을 보고 물었다.

"아버지, 웬일이세요? 어디 아파 그러십니까? 제가 더디 왔다고 이렇듯 노하셨습니까?"

"아니로다. 너는 알아도 소용없다."

"아버지, 그게 무슨 말씀이세요? 부모와 자식 사이는 하늘이 맺어 준 인연인데, 무슨 허물이 있습니까? 아버지는 저만 믿고 저는 아버지만 믿어 크고 작은 일을 의논하며 살았는데, 오늘 '너 알아도 소용없다.'고 하시니 무슨 말씀입니까? 부모 근심은 곧 자식의 근심이라. 제 아무리 불효한들 말씀을 아니하시니 제 마음에 서럽습니다."

심 봉사가 그제야 마지못해 말하였다.

"내가 무슨 일로 너를 속이겠느냐? 만일 네가 알게 되면 지극한 너의 마음에 걱정만 되겠기로 말하지 못하였다. 아까 너를 기다

리다가 저물도록 아니 오기에 하도 갑갑하여 너를 마중 나갔다
가 한 길이 넘는 개천에 빠져서 거의 죽게 되었었다. 그런데 뜻밖
에 몽운사 화주승이 나를 건져 살려 놓고 하는 말이 '공양미 삼
백 석을 진심으로 시주하면 생전에 눈을 떠서 온 세상을 보리
라.'고 하더구나. 홧김에 적었는데, 중을 보내고 생각하니 돈 한
푼도 없는데, 삼백 석이 어디서 난단 말이냐? 도리어 후회로다!"
이 말을 들은 심청이 반기며 부친을 위로하였다.

"아버지, 걱정 마시고 진지나 잡수세요. 후회하면 진심이 못 됩
니다. 아버지가 어두운 눈을 떠서 온 세상을 볼 수만 있다면, 있
는 힘을 다하여 공양미 삼백 석을 마련하여 몽운사로 올리겠습
니다."

"네가 아무리 애를 쓴들 무슨 수로 공양미 삼백 석을 마련하겠
느냐?"

이에 심청은 갖가지 말로 아버지를 간곡하게 위로하였다.

"중국 진나라 왕상은 겨울에 얼음을 깨고 잉어를 구하여 어머니
께 드렸다고 합니다. 한나라 곽거라는 사람은 부모님 상에 반찬
을 해 놓으면 제 자식이 상머리에서 먹는다고 산 채 묻으려다가
금 항아리를 얻어다 부모를 봉양하였다고 합니다. 아버지를 섬
기는 저의 효성이 옛사람만은 못하나 지성이면 감천이라 하오
니, 공양미는 자연히 얻을 수 있을 것입니다. 깊이 근심하지 마
십시오."

심청은 그날부터 목욕재계*하고, 손톱을 자르고 머리를 깎은 뒤에 집 안팎을 깨끗이 청소하고 후원에 단을 쌓았다. 그리고 북두칠성이 이미 기운 한밤중에 모든 소리가 그치고 고요해지면, 등불 옆에 정화수 한 그릇을 떠 놓고 북쪽을 향하여 꿇어앉아 빌었다.

"아무 달 아무 날에 심청은 두 번 절하며 삼가 고합니다. 해와 달과 별의 신, 토지의 신, 산의 신, 서낭신, 다섯 방위를 지키는 신, 강의 신 하백, 석가여래, 불법을 지키는 일곱 보살, 불법을 지키는 여덟 신장, 염라대왕을 비롯한 저승의 십대왕, 이승과 저승을 오가며 사람을 잡아가는 강림 도령신 등 저의 정성을 받아 주십시오. 하늘에 있는 해와 달은 사람의 눈과 같습니다. 해와 달이 없으면 어떻게 분별할 수 있겠습니까? 저의 아비 무자생 심학규는 삼십 안에 안맹하여 앞을 보지 못하오니 아비의 허물을 제 몸으로 대신하옵고 아비 눈을 밝혀 주옵소서."

심청은 밤마다 이렇게 정성껏 빌었다.

---

* 목욕재계(沐浴齋戒) : 목욕을 하여 몸을 깨끗이 하고 마음을 가다듬어 부정을 피하는 일.

심청이 몸을 팔아 공양미 삼백 석을 시주하다

하루는 심청이 소문을 들으니, 남경 장사 선인들이 십오 세 처녀를 사려 한다고 하였다. 심청이 그 말을 반겨 듣고 귀덕 어미를 시켜 사람을 사려는 곡절을 물었다.

"우리는 남경의 뱃사람인데, 인당수를 지나갈 때 십오 세 처녀를 제물로 바치면 망망대해를 무사히 건너고, 수십만 냥의 이익을 얻을 수 있습니다. 그래서 사려는 것이니, 몸을 팔려 하는 처녀가 있으면 값을 아끼지 않고 드리겠습니다."

심청이 이 말을 반겨 듣고 뱃사람에게 말하였다.

"저는 이 동네 사람인데, 저희 아버지가 눈이 어두워 앞을 보지 못하십니다. 공양미 삼백 석을 바치고 지성으로 불공하면 눈을 떠서 볼 수 있다고 하나, 집안 형편이 어려워서 마련할 길이 전혀 없습니다. 그래서 제 몸을 팔려 하니 저를 사 가는 것이 어떠합니까?"

뱃사람들이 이 말 듣고 크게 감동하여 말하였다.

"효성이 지극하지만, 참으로 불쌍하고 가련하다."

뱃사람들이 허락하고 즉시 쌀 삼백 석을 몽운사로 보냈다. 그들은

"금년 삼월 십오일에 배가 떠납니다."

하고 말한 뒤에 돌아갔다.

심청이 부친께 여쭈었다.

"공양미 삼백 석을 이미 보냈습니다. 이제는 근심하지 마십시오."

심 봉사 깜짝 놀라 말하였다.

"너 그 말이 웬 말이냐?"

심청 같은 하늘이 낸 효녀가 어찌 부친을 속이랴마는 일의 형편이 어쩔 수 없어 잠깐 둘러대어 대답하였다.

"장 승상 댁 노부인이 지난달에 저를 수양딸 삼겠다고 하시는데, 차마 허락지 아니하였었습니다. 그러나 공양미 삼백 석을 주선할 길이 전혀 없어 이 사연을 노부인께 여쭈었더니, 백미 삼백 석을 내어 주시기로 수양딸로 팔렸습니다."

이 말을 들은 심 봉사는 자세한 내막도 모르고 좋아하였다.

"그렇다면 참으로 잘되었다. 그 부인은 재상의 부인이라 다른 것 같구나. 복이 많겠다. 저러하기에 그 자제 삼 형제가 벼슬이 오르고 이름을 떨치는구나. 양반의 자식으로 몸을 팔았단 말이 듣기에 고약하다마는 장 승상 댁 수양딸로 팔린 거야 무슨 허물이 되겠느냐. 언제 가느냐?"

"내달 보름날 데려간다 하였습니다."

"어, 그 일 매우 잘되었다."

심청이 그날부터 곰곰 생각하니 눈 어두운 백발의 아버지를 영영 이별하고 죽을 일과 사람이 세상에 나서 십오 세에 죽을 일을 생각하니, 정신이 아득하고 일에도 뜻이 없었다. 그래서 먹지도 않고, 마시지도 않으면서 근심으로 지냈다. 그러다가 다시금 생각하자 엎질러진 물이요, 쏘아 놓은 화살이었다.

떠날 날이 점점 가까워지자,

'내가 이래서는 안 되겠다. 내가 살았을 때 아버지의 의복 빨래나 하리라.'

하고, 춘추 의복·상침질한 겹옷·하절 의복 속옷·홑바지 박아지어 다려 놓고, 동절 의복 솜 두어 보에 싸서 농에 넣고, 청목*으로 갓끈 접어 갓에 달아 벽에 걸고, 망건 꾸며 당줄 달아 걸어 두고, 배 떠나는 날을 헤아리니 하룻밤이 남았다.

---

* 청목(靑木) : 검푸른 물을 들인 무명.

밤은 깊어 삼경*인데 은하수가 기울었다. 촛불을 대하여 두 무릎 마주 꿇고 눈을 내리깐 뒤 한숨을 길게 쉬며 생각하니, 아무리 효녀라도 마음이 온전할 리 없다.

'부친의 버선이나 마지막으로 지어야겠다.'

하고 바늘에 실을 꿰어 들자, 가슴이 답답하고 두 눈이 침침하며 정신이 아득하여 하염없는 울음이 간장으로부터 솟아났다. 부친이 깰까 보아 크게 울지는 못하고 소리를 죽여 가며 목이 메도록 슬피 울었다. 심청은 아버지의 얼굴도 대 보고 수족도 만져 보며 말하였다.

"나를 보실 날이 몇 밤이요. 내가 한번 죽으면 누구를 믿고 살으실까? 애달프다. 우리 아버지, 내가 철을 안 연후에 밥 빌기를 놓으셨으나, 내일부터는 동네 거지 되겠으니, 눈치인들 오죽하며 멸시인들 오죽할까. 무슨 험한 팔자로써 초이레 안에 어머니 죽고 아버지조차 이별하니 이런 일도 있을까? '하량에 날이 저물고 근심 띤 구름이 인다.'①는 시 구절은 소통국의 모자 이별,② '온 가족이 산에 올라 산수유를 머리에 꽂는 날인데, 나는 타향에 있어 함께하지 못하였네.'는 용산의 형제 이별,③ '서쪽 관문을 나서면 벗이 없을 것이다.'④는 위성의 친구 이별, '국경을 지키는 임은 얼마나 멀리 떨어져 있나.'는 오나라와 월나라 미인의 부

---

* 삼경(三更) : 하룻밤을 오경으로 나눈 셋째 부분. 밤 열한시에서 새벽 한시 사이.

부 이별,[⑤] 이런 이별 많건마는 살아서 당한 이별이니 소식 들을 날이 있고 서로 만날 날이 있을 것이다. 그러나 우리 부녀 이별이야 어느 날에 소식 알며, 어느 때에 만날 수 있을까? 돌아가신 우리 어머니 황천에 가 계시고, 나는 이제 죽게 되면 수궁으로 갈 것이다. 수궁에서 황천 가기 몇만 리, 몇천만 리나 되는고? 모녀 상면하려 한들 어머니가 나를 어찌 알며 내가 어찌 어머니를 알리. 만일 묻고 물어 찾아가서 모녀 상면하는 날에 응당 아버지 소식 물으실 것이니, 무슨 말씀으로 대답하리. 오늘 밤 오경시를 함지*에다 머물게 하고, 내일 아침 돋는 해를 부상지*에다 맬 양이면 어여쁠사 우리 아버지 좀 더 모셔 보련마는, 해가 지고 달이 뜨는 것을 뉘라서 막을쏘냐. 애고애고, 서러운지고."

천지가 사정 없이 이윽고 닭이 우니, 심청이 하릴없어 탄식한다.

"닭아 닭아, 우지 마라. 제발 덕분에 우지 마라. 나는 빨리 닭이 울어야 관문을 빠져나갈 제나라의 맹상군이 아니다.[⑥] 네가 울면 날이 새고, 날이 새면 나 죽는다. 나 죽기는 섧지 않으나, 의지할 곳 없는 우리 아버지를 어찌 잊고 간단 말이냐!"

---

* 함지(咸池) : 해가 진다고 하는 서쪽의 큰 못.
* 부상지(扶桑枝) : 해가 뜨는 동쪽 바다 속에 있다고 하는 상상의 나뭇가지.

심청이 인당수로 떠나다

어느덧 동방이 밝아 와 심청이 저의 부친 진지나 마지막으로 지어 드리려고 방문을 열고 나서니, 벌써 뱃사람들이 사립 밖에 와서 말하였다.

"오늘이 행선* 날이니 속히 떠나도록 합시다."

심청이 이 말을 듣자, 얼굴에 빛이 없어지고, 온몸에 맥이 없으며 목이 메고 정신이 어질하였다. 심청이 가까스로 정신을 차려 선인들에게 말하였다.

"여보시오 선인님네, 저도 오늘이 행선 날인 줄을 이미 알고 있

---

* 행선(行船) : 배가 감.

습니다만, 제 몸 팔린 줄을 우리 부친께서는 아직 모르십니다. 만
일 아시게 되면 지레 야단이 날 터인즉 잠깐 지체하십시오. 부친
진지를 마지막으로 지어 드리고 잡수신 연후에 말씀 여쭙고 떠
나도록 하오리다."

뱃사람들이

"그리 하십시오."

하고 허락하였다.

심청이 들어와 눈물로 밥을 지어 부친께 올리고, 상머리에 마주
앉아 아무쪼록 진지 많이 잡수시게 하느라고 자반도 떼어 입에 넣
고, 김쌈도 싸서 수저에 놓으며 말하였다.

"진지를 많이 잡수십시오."

심 봉사는 철도 모르고,

"야, 오늘은 반찬이 매우 좋구나. 뉘 집 제사 지냈느냐?"

하였다. 그러나 부모 자식 사이는 하늘이 정해 준 인연으로 영영
헤어지는 마당에 조짐이 없을 수 없었다. 그날 밤에 심 봉사가 예
사롭지 않은 꿈을 꾸었다.

"아가 아가, 이상한 일도 있다. 간밤에 꿈을 꾸었는데, 네가 큰
수레를 타고 한없이 가더라. 수레라 하는 것은 귀한 사람이 타는
것이니, 우리 집에 무슨 좋은 일이 있을 것 같다. 그렇지 아니하
면 장 승상 댁에서 너를 가마 태워 가려는가 보다."

심청이는 저 죽을 꿈인 줄 짐작하고 거짓으로 둘러댔다.

"그 꿈이 참 좋습니다."

심청이 밥상을 물려 내고, 담뱃대에 불을 붙여 드린 후 그 밥상에서 밥을 한술 뜨려 하였다. 그러나 간장이 썩는 물이 눈으로 솟아나고, 부친 신세 생각하며 저 죽을 일을 생각하니 정신이 아득하고 몸이 떨려 밥을 먹을 수 없었다. 상을 부엌에 내다 놓고, 다시 세수하고 사당에 들어가 조상께 하직 인사를 하며 말하였다.

"불초* 여손 심청이는 아비 눈뜨기를 위하여 인당수 제물로 몸을 팔아 갑니다. 이제부터는 조상님께 제사 지내는 일이 끊어지게 되었으므로 참으로 송구합니다."

심청이 울며 하직하고 사당 문을 닫은 뒤에 아버지 앞에 와서 두 손을 부여잡고 기절하였다. 심 봉사 깜짝 놀라 말하였다.

"아가 아가, 이게 웬일이냐? 정신 차려 말하여라."

"제가 불초 여식으로 아버지를 속였습니다. 공양미 삼백 석을 뉘라서 저를 주겠습니까. 남경 선인들에게 인당수 제물로 제 몸을 팔아 오늘이 떠나는 날이오니, 저를 마지막으로 보십시오."

심 봉사 이 말을 듣고 통곡하며 말하였다.

"참말이냐, 참말이냐? 애고애고, 이게 웬 말인고. 못 가리라 못 가리라. 너 날더러 묻지도 않고 네 마음대로 하였단 말이냐. 네가 살고 내가 눈을 뜨면 그는 마땅하지만, 자식 죽여 눈을 뜬들 그게

---

* 불초(不肖) : 어버이의 덕망이나 유업을 제대로 이어받지 못하는 부족한 사람이라는 뜻으로, 부모님께 자기를 낮추어 이르는 말이다.

차마 할 일이냐? 너의 모친 너를 늦게야 낳고 초칠일 안에 죽은 뒤 눈 어두운 늙은 것이 품 안에 너를 안고 이 집 저 집 다니면서 구차한 말 하여 가며 동냥젖 얻어 먹여 키워 이만치 자랐다. 내 아무리 눈 어두우나 너를 눈으로 알고 너의 모친 죽은 후에 차차 전과 같이 되었는데, 이 말이 무슨 말인고? 마라 마라. 못하리라. 아내 죽고 자식 잃고 내 살아서 무엇 하리. 너하고 나하고 함께 죽자. 눈을 팔아 너를 살 데 너를 팔아 눈을 뜬들 무엇을 보려고 눈을 뜨리. 세상에서 가장 불쌍한 것이 '늙은 홀아비, 늙은 과부, 부모 없는 어린아이, 자식 없는 늙은이'라고 하는데, 나는 무슨 팔자기에 이 중 으뜸이 된단 말이냐!"

심 봉사는 뱃사람들을 나무랐다.

"네 이 상놈들아, 장사도 좋지만 사람 사다 죽여 제사하는 거 어디서 보았느냐? 어지신 하느님과 밝으신 여러 신이 내리는 징벌이 없겠느냐? 눈먼 놈의 외동딸, 철모르는 어린아이를 나 모르게 꾀어 값을 주고 산단 말이 웬 말이냐? 돈도 싫고 쌀도 싫다. 네 이 상놈들아, 옛글을 모르느냐? 중국 은나라 탕임금은 칠 년이나 가물 적에 사람을 제물로 바치고 빌라 하니 '내가 지금 비는 것은 사람을 위함이라. 사람 죽여 빌 양이면 내 몸으로 대신하리라.' 하고, 스스로 희생 제물이 되어 손톱과 머리를 자르고 흰 띠풀 위에 누워 상림 뜰에서 빌었더니 수천 리에 비가 내렸다 한다. 이런 일도 있으니 내 몸으로 대신함이 어떠하냐? 여보시오, 동네 사람들! 저런 놈들을 그저 두고 보오?"

심청이 부친을 붙들고 울며 위로하였다.

"아버지, 하릴없습니다. 저는 이미 죽거니와 아버지는 눈을 떠서 환하게 밝은 세상 보고, 착한 사람을 구하여서 아들 낳고 딸을 낳아 대를 잇고, 불초녀를 생각하지 마옵시고 오래오래 평안하십시오. 이것도 또한 하늘이 정한 운명이니 후회한들 어찌하오리까."

뱃사람들이 그 정상*을 보고 함께 의논하였다.

"심 소저*의 효성과 심 봉사의 일생 신세를 생각하여 심 봉사 굶지 않고 벗지 않게 한몫을 꾸며 주면 어떠하오?"

뱃사람들이

"그 말이 옳다."

하며 쌀 이백 석, 돈 삼백 냥, 무명과 베 각각 한 동씩 동네에 들여놓고 동네 사람들을 불러 말하였다.

"이백 석 쌀과 삼백 냥 돈을 부지런하고 진실한 사람에게 주어 차질 없이 길러서 심 봉사를 잘 보살펴 주시오. 삼백 석 중에서 이십 석은 그해 양식으로 남겨 놓고, 나머지는 해마다 장리로 이자를 기르면 양식이 넉넉할 것이오. 무명과 베는 사철의 의복을 장만하면 됩니다. 이 뜻으로 관청에 공문을 보내고, 동네 사람들에게 전하시오."

---

* 정상(情狀) : 있는 그대로의 사정과 형편.
* 소저(小姐) : 아가씨를 한문 투로 이르는 말.

이렇게 조치를 다 취한 뒤에 심 소저에게 가자고 하였다.

이때 무릉촌 장 승상 댁 부인이 이 말을 듣고 급히 시비를 보내어 심 소저를 오라고 하였다. 심 소저가 시비를 따라가니 승상 부인이 문밖에 달려 나와 소저의 손을 잡고 울며 말하였다.

"네 이 무심한 사람아, 나는 너를 자식으로 알았으나 너는 나를 어미 같이 여기지 않는구나. 백미 삼백 석에 몸이 팔려 죽으러 간다 하니, 효성이 지극하다마는 네가 살아 세상에 있으면서 효도하는 것만 하겠느냐? 나와 의논했으면 진작 마련하였을 것이다. 백미 삼백 석을 이제 내어 줄 것이니 선인들에게 도로 주고 정신 빠진 말 다시 말라."

심 소저가 부인께 차분하게 말하였다.

"당초에 말씀 못한 것을 이제야 후회한들 어찌하오리까. 또한 아버지를 위하여 복을 빌 양이면 어찌 남의 명분 없는 재물을 빌려서 하겠습니까. 백미 삼백 석을 도로 내어 주면 선인들도 행선에 임박하여 낭패이오니 그 또한 어렵고, 사람에게 몸을 허락하여 약속을 정한 후에 다시금 약속을 위반하는 것은 소인배들이 하는 짓이라 좋지 못하겠습니다. 하물며 값을 받고 몇 달이 지난 후에 차마 어찌 낯을 들어 말을 하오리까. 부인의 하늘 같은 은혜와 착하신 말씀은 저승에 가서라도 결초보은*하겠습니다."

---

* 결초보은(結草報恩) : 죽은 뒤에라도 은혜를 잊지 않고 갚음을 이르는 말. 중국 춘추 시대에 진나라의 위과가, 아버지가 세상을 떠난 후에 서모를 개가시켜 순사하지 않게 하

심청이 이렇게 말하고 눈물을 흘리니 옷깃이 다 젖었다. 부인이 본즉 그녀의 표정이 엄숙하므로 말리지도 못하고, 놓지도 못하였다.

심청이 다시 울면서 여쭈었다.

"부인은 전생의 저의 부모인데, 어느 날에 다시 모시겠습니까. 글 한 수를 지어 정을 표하오니 보시면 조짐이 있을 것입니다."

부인이 반기어 종이와 붓과 먹을 내 주시니, 붓을 들고 글을 쓸 때 눈물이 비가 되어 점점이 떨어져 송이송이 꽃이 되어 그림 족자가 되었다. 다 쓴 뒤에 벽에 걸고 보니, 그 글은 이러하였다.

> 사람의 죽고 사는 것이 한갓 꿈속이니,
> 정에 이끌리어 어찌 눈물을 흘리랴.
> 세상에 가장 애끊는 것은
> 강남에 풀이 푸르러도 사람은 돌아오지 못하는 것이다.

부인이 재삼 만류하다가 글 지은 것을 보고 말하였다.

"너는 과연 세상 사람이 아니로다. 글을 보니 진실로 선녀로구나. 분명 인간의 인연이 다하여 상제께서 부르시는 것이니, 네 어이 피하겠느냐? 내 또한 네가 쓴 운자를 써서 글을 짓겠다."

부인이 이렇게 말하고 글을 써 주었다.

였더니, 그 뒤 싸움터에서 서모 아버지의 영혼이 적군의 앞길에 풀을 묶어 적을 넘어뜨려 위과가 공을 세울 수 있도록 했다는 고사에서 유래한다.

까닭 없는 비바람에 밤이 어두워 오니,

아름다운 꽃을 날려서 누구의 집 문에 떨어뜨리려는고.

인간에 귀양 와서 사는 괴로움을 하늘이 불쌍히 여기사

아비와 자식의 강인한 은정을 끊게 함이라.

심 소저 그 글을 품에 품고 눈물로 이별하니 차마 보지 못할러라.

　심청이 돌아와서 저의 부친에게 하직할 때 심 봉사가 딸을 붙들고 이리저리 뛰고 고통스러워하며 소리쳤다.

　"너 날 죽이고 가지 그저는 못 가리라. 날 데리고 가거라. 너 혼자는 못 가리라."

심청이 다시 부친을 위로하며 말하였다.

　"부자간 천륜을 끊고 싶어 끊으며 죽고 싶어 죽습니까? 액운이 막히었고, 생사가 때가 있어 하느님이 하신 바이오니, 한탄한들 어찌하오리까. 인정대로 하자면 떠날 날이 없을 것입니다."

　심청이 저의 부친을 동네 사람에게 붙들라 하고 선인들을 따라간다. 큰 소리로 통곡하고, 치마 끈을 졸라매고, 치마폭 거듬거듬 안고, 흩어진 머리털을 두 귀밑에 늘이고, 비같이 흐르는 눈물은 옷을 적신다. 엎어지고 자빠지며 붙들려 나갈 때 건넛집 바라보며 탄식하였다.

　"아무개네 집 큰아가, 상침질 수놓기를 누구와 함께 하려느냐? 작년 오월 단오일에 그네 타면서 놀던 일을 너는 행여 생각하느

냐? 아무개네 집 작은아가, 금년 칠월 칠석날 밤에 함께 걸교*하
자더니 이제는 허사로다. 언제나 다시 보랴. 너희는 팔자 좋으니
양친 모시고 잘 있어라."

동네 사람들이 남녀노소 할 것 없이 눈이 붓도록 서로 붙들고 울다
가 성 위에서 손을 놓고 헤어졌다.

이러한 슬픈 정황을 하느님이 아시던지 밝은 해는 어디 가고 검은
구름이 자욱하며 청산이 찡그리는 듯 강물 소리도 흐느낀다. 휘늘
어져 곱던 꽃은 시들어서 제 빛을 잃은 듯하고, 싱그럽던 버들가지
도 조는 듯이 휘늘어졌고, 봄새는 다정하여 여러 소리로 울어댄다.

"묻노라. 저 꾀꼬리는 누구와 이별하였기에 친구를 부르는 듯 우
느냐? 뜻밖에 두견이는 피를 토하는 듯 우니, 달 밝은 빈 산을 어
디에 두고 정을 다하여 애끓는 소리를 내는가? 네 아무리 가지
위에서 돌아오라는 뜻으로 '불여귀'①라 울어도 값을 받고 팔린
몸이 어찌 다시 돌아올까!"

심청은 바람에 날린 꽃이 얼굴에 와 부딪히니 꽃잎을 들고 나무
를 바라보며 말하였다.

"만일 봄바람이 사람의 뜻을 모른다면 무슨 까닭으로 지는 꽃을
불어 보내는가?② 한 무제 수양 공주의 매화 무늬를 수놓은 비녀
는 있건마는 죽으러 가는 몸이 누구를 위하여 단장하리. 봄 동산

---

* 걸교(乞巧) : 음력 칠월 칠석날 저녁에 부녀자들이 견우와 직녀에게 바느질과 길쌈을
  잘하게 해 달라고 비는 일.

의 지는 꽃이 지고 싶어 지랴마는 시절을 이길 수 없어 힘없이 떨어지니, 누구를 원망하고 누구를 탓하리요."

한 걸음 가고 돌아보고, 두 걸음 걷고 눈물지며 강가에 다다랐다. 뱃사람들은 뱃머리에 널빤지를 놓고 심청이를 인도하여 배 안에 실은 연후에 닻을 감고 돛을 올렸다. 여러 뱃사람들이

"어기야 어기야 어기양 어기양."

소리를 하며 북을 둥둥 울리면서 배질*을 하니, 배는 물 가운데로 둥둥 떠갔다.

배가 아득히 먼 바다를 떠가니 넘실거리는 물결만 보였다. 흰 마름꽃이 피어 있는 물가의 갈매기는 붉은 여뀌가 핀 언덕으로 날아들고, 여러 물이 합쳐 흐르는 삼상*③의 기러기는 한수로 돌아 흐른다. 멀리서 들려오는 맑은 물 소리 어부의 피리 소리인가 여겼더니 노랫소리 그치자 사람은 간데없고 물결만 푸르렀다. 심청은 끝없는 바다를 보며 여러 가지 생각을 하였다.

'노 젓는 소리 가운데에 만고의 시름이 있다는 말은 나를 두고 이르는 말이구나.'

장사*를 지나가며 보니 높은 벼슬을 하다가 대신들의 시기와 모함으로 이곳으로 좌천되어 왔던 가태부④가 간곳없다. 멱라수*를

---

* 배질 : 노를 저어 배를 가게 함. 또는 그런 일.
* 삼상(三湘) : 세 줄기의 물이 합하여 흐르는 곳. 145쪽 미주 ③ 참조.
* 장사(長沙) : 중국 호남성의 성도.
* 멱라수(汨羅水) : 중국 호남성에 있는 강.

지나며, 초나라 때 간신의 참소를 당하여 물에 빠져 죽은 굴삼려⑤의 충성스런 영혼이 편안한가 생각하였다.

황학루⑥를 당도하여 보니,

"날은 저물었는데, 고향은 어디인가. 연기에 잠긴 물결 위에서
　시름겨워 하노라."

하는 시를 남긴 당나라 시인 최호의 유적이다. 봉황대⑦에 다다르니

"양자강 가까이의 세 산은 반쯤 푸른 하늘 저쪽에 떨어진 듯 있
　고, 이수와 회수는 중간에 갈려 백로주가 되었다."

고 노래한 당나라 이태백이 놀던 곳이다. 심양강⑧ 당도하니 여기서
놀다가 친구를 이별하던 백낙천은 어디 가고 비파 소리 끊겼다.

적벽강⑨ 그저 가랴. 소동파 놀던 때의 맑은 바람과 밝은 달은 전
과 같이 그대로 있건만 세상에 떨치던 조조의 기개는 어디에 가고
없는가. 한산사⑩ 앞에 다다르니,

"달은 지고 까마귀 우는 깊은 밤에 고소성에 배를 매니, 한산사
　쇠북 소리 객선에 이르렀다."⑪

고 한 장계의 시가 떠오른다.

진회수⑫를 건너갈 때,

"연기도 달빛도 물과 모래 위에 자욱한데, 장사하는 여인은 나라
　잃은 슬픔을 잊고, 「후정화」만 부르네."

하는 당나라 시인 두목의 시가 떠올랐다. 소상강 들어가니 악양루
높은 집은 물 위에 떠 있는데, 동남으로 바라보니 오나라 땅의 산

들이 첩첩하고 초나라의 나무들도 끝이 없다.

소상팔경⑬이 눈앞에 벌려 있거늘 찬찬히 둘러보니 물결이 끝이 없다. 우루룩쭈루룩 내리는 비는 순임금의 아내로 정절이 뛰어났던 아황과 여영의 눈물이다. 아황과 여영의 피눈물이 묻어 점이 생긴 대나무의 가지에 빗물이 방울방울 맺혔으니,⑭ 소상강의 밤비는 이를 두고 말함인 듯하다.

칠백 평 넓은 호수 맑은 물에 가을 달이 돋아 오니 푸른 하늘빛이 강물에 어리어 더욱 푸르다. 늙은 어부는 잠을 자고 소쩍새가 날아드니 동정호 가을 달이 아름답다.

동쪽과 남쪽에 있던 오나라와 초나라의 너른 물을 오고 가는 장삿배는 순풍에 돛을 달고, 북을 둥둥 울리면서 '어기야 어기야이야.' 소리하니 '먼 포구에 돛단배 돌아온다.'⑮는 말이 바로 이것이다.

강 건너 양쪽 어촌 마을에 집집마다 밥 짓는 연기 나고, 강 언덕 절벽 위에 저녁놀 비치니, 무산의 저녁놀이 곱기도 하다. 하늘에 갖가지 구름 뭉게뭉게 피어 올라 한 떼로 둘렀으니 창오산 저녁 구름이 아닌가.

푸른 물 하얀 모래 이끼 낀 강 언덕에 시름을 못 이기어서 날아오는 기러기는 갈대 하나를 입에 물고 점점이 날아들며 끼룩끼룩 소리 하니, 넓은 모래밭에 내려앉는 기러기가 아닌가. 상수로 울고 가니 옛 사당이 완연하다. 순임금이 죽었다는 소식을 듣고 남쪽으로 달려온 아황과 여영의 혼이라도 응당 있을 것이라 여겼으나, 피리 소리에 눈물지니 두 부인을 모신 황릉묘가 여기로다.

새벽 쇠북 큰 소리에 경쇠 뎅뎅 섞여 나니, 천 리 뱃길을 오는 나 그네의 깊이 든 잠을 놀래어 깨운다. 탁자 앞의 늙은 중은 아미타 불 염불하니 한산사 저녁 종이 이 아닌가.

팔경을 다 본 연후에 행선을 하려 할 때 향기로운 바람이 일어나 며 옥으로 만든 패물 부딪는 소리 들리더니, 대나무 숲 사이에서 두 부인이 신선의 관을 높이 쓰고, 자주색 안개빛 저고리에 석류빛 치마를 입고 신을 끌어 나오면서 심청에게 말을 건넨다.

"저기 가는 심 소저야, 너는 나를 모를 것이다. 우리는 창오산이 무너지고 상수의 물이 끊어지고야 반죽*에 젖은 피눈물 자국이 없어질 깊은 천추의 한을 하소연할 곳 없어 밖에 나오지 않았는 데, 지극한 너의 효성을 축하하며 예를 차리고자 나왔노라. 요임 금 · 순임금이 돌아가신 지 수천 년이 지났는데, 지금은 어느 때 냐? 순임금이 처음으로 다섯 줄의 거문고를 만들어 불렀다는 「남풍시」가 지금도 전하느냐? 수로 먼먼 길에 조심하여 다녀오 너라."

이렇게 말하고 홀연 간데없거늘, 심청이 속으로

'이는 요임금의 두 딸로 순임금의 아내가 되었던 이비로구나.'

하고 생각하였다.

---

* 반죽(斑竹) : 반점이 있는 대. 여기서는 순임금의 죽음을 슬퍼하는 이비의 눈물이 피가 되어 대나무에 묻어 반점이 생긴 대를 이른다.

서산에 당도하자 풍랑이 크게 일고, 차고 음산한 바람이 일며 검은 구름이 자욱하더니 한 사람이 나타났다. 얼굴은 큰 수레바퀴 같고, 눈썹 사이가 아주 넓으며 가죽으로 몸을 싸고 있었다. 두 눈을 딱 감고 심청을 불러 큰 소리로 말하였다.

"슬프다, 우리 오나라 왕이 백비[16]의 참소 듣고 촉루검[17]을 내게 주어 목을 찔러 죽게 한 뒤에 검은 가죽으로 몸을 싸서 이 물에 던졌으니, 참으로 애달프다. 나는 원통하여 오나라가 월나라 군사한테 망하는 것을 역력히 보려고 내 눈을 빼어 동문 위에다 걸어 놓고 왔더니, 과연 내 보았노라. 그러나 내 몸에 감은 가죽을 뉘라서 벗겨 주겠는가? 눈 없는 게 한이로다."

이는 누군가 하면 오나라 충신 오자서였다.

바람과 구름이 걷히고, 해와 달이 명랑하며 물결이 잔잔하더니, 어떠한 두 사람이 물가로 나왔다. 앞의 한 사람은 왕자의 기상이요, 얼굴에는 나라를 걱정하는 근심이 가득 서려 있었다. 의복이 남루한 것으로 보아 포로로 잡힌 초나라 사람인 것이 분명하였다. 그가 눈물을 흘리며 말하였다.

"애달프고 분하다. 진나라에 속아 무관에서 갇혀 삼 년을 고국을 바라보며 지내다가 죽어 돌아가지 못한 영혼이 되었단다. 천추의 깊은 한이 있어 두견새가 되었더니, 원수 갚을 기회인 줄 알고 나갔다가 속절없이 동정호 달에 헛된 춤만 추었노라."

뒤에 있는 또 한 사람은 안색이 초췌하고 몰골이 수척하였다.

"나는 초나라 굴원이다. 회왕을 섬기다가 자란의 참소를 입어 더러운 몸 씻으려고 이 물에 와 빠졌다. 어여쁜 우리 임금, 죽은 뒤에나 섬기리라 하고 이 땅에 와 모셨노라. 내 지은 「이소경」에 '황제 고양의 후손이요, 내 아버지는 백용이다.' 하였고, '초목이 가을을 당하여 떨어짐이여, 미인이 늦을까 두렵다.'고 하였다. 이 글을 아는 선비들이 몇몇이나 되던고. 그대는 부모를 위하여 효성으로 죽고 나는 충성을 다하였으니 충과 효는 일반이라. 내가 그대를 위로하고자 왔노라. 푸른 바다 먼먼 길에 평안히 가옵소서."

심청이 생각하되,

'죽은 지 수천 년이 된 사람의 혼령이 남아 있어 사람의 눈에 보이니, 이 또한 귀신이라. 나 죽을 징조로다.'

하고, 슬피 탄식하였다.

"물에서 잠을 잔 것이 몇 밤이며, 배에서 잔 밤이 몇 날이냐? 어언 네다섯 달이 물같이 지나갔구나. '가을바람이 쌀쌀하게 저녁때에 일어나고, 우주는 환하고 깨끗하게 빛난다.'는 조선 인종 때 김인후의 시 구절이다. '저녁놀은 외로운 갈매기와 가지런히 날고, 가을 물은 긴 하늘과 함께한 빛이다.'는 당나라 왕발이 지은 시구이다. '낙엽은 끊임없이 쓸쓸히 지고, 그침이 없는 긴 강물은 출렁이며 흐른다.'는 것은 두자미가 읊은 구절이다. 강 언덕에 귤이 익으니 황금 조각이 널려 있는 듯하고, 갈대에 바람이 부니 꽃잎이 날려 흰 눈이 흩날리는 듯하다. 포구의 가는 버들잎에 맺힌 옥 구슬에 맑은 바람 불고 있다. 어선들이 등불을 돋워 달고 어부가로 화답하니, 그 또한 수심이다. 바닷가에 솟은 청산은 봉우리마다 칼날이 되어 물살을 가른다. '해는 장사에 떨어지고 가을빛은 멀찍한데, 어디에 가서 이비를 조문할꼬.' 하는 송옥의 「비추부」가 이보다 더 애절하겠는가? 동남동녀를 실었으니 진시황이 불사약을 구해 오라고 보낸 배인가.* 방사 서불이 없으니 한 무제의 신선초를 구하는 배인가. 지레 죽자 하니 선인들이 지키고 있고, 살아 돌아가자 하니 고국이 아득히 멀다."

---

* 진시황이 불사약을 구해 오라고 보낸 배인가 : 진시황이 동해 중의 삼신산에 불로초가 있다는 말을 듣고 방사 서불에게 동남동녀를 데리고 가서 구해 오도록 했는데 돌아오지 않았다고 한다.

심청이 인당수에 몸을 던지다

　　　　　　　　　　　　한 곳에 당도하여 뱃사람들
이 돛을 내리고 닻을 주니 여기가 바로 인당수였다. 미친 듯한 바람
이 크게 일어 바다가 뒤눕고, 어룡이 싸우는 듯 벽력이 일어났다.
대천 바다 한가운데 일천 석 실은 배가 노도 잃고, 닻도 끊어졌으며
용총*도 끊어지고 키도 빠졌다. 바람 불어 물결쳐 안개비 뒤섞여
내리는데, 갈 길은 천리만리 남아 있고, 사면은 어둑어둑 저물어 천
지가 적막하여 간신히 떠 있다. 뱃전에 파도가 탕탕 치고, 돛대가
와지끈 부러지니 순식간에 위태롭게 되었다. 도사공 이하 뱃사람

---

* 용총 : 돛대에 매어 놓은 줄. 돛을 올리거나 내리는 데 쓴다.

들이 어쩔 줄을 몰라 갈팡질팡하며 서둘러 고사 준비를 하였다.

　섬 쌀로 밥을 짓고, 동이 술에 큰 소 잡아 사지를 갈라 온 소다리와 온 소머리를 올려놓고, 큰 돼지 잡아 통째로 삶아 큰 칼 꽂아 기는 듯이 받쳐 놓고, 삼색 실과와 오색 탕수를 어동육서*며 좌포우혜*와 홍동백서*로 방위 차려 고여 놓았다. 심청을 목욕시키고 흰옷을 정갈하게 입힌 뒤 상머리에 앉히고 고사를 지냈다.

　도사공*이 북을 둥둥 치면서 축원하였다.

　"두리둥두리둥, 치떠 잡아 삼십삼천,① 내리떠 잡아 이십팔수,② 삼황오제③가 있는 도리천 시왕④님이 세상 일을 마련하실 제 천상의 옥황상제며 지하의 십이제국 차지하신 황제 헌원씨⑤와 공자 · 맹자 · 안회 · 증삼 법문 내고, 석가여래 불도 마련하고, 복희씨⑥ 팔괘를 만들어 내고, 신농씨⑦는 백 가지 풀을 맛보아 약을 마련하고, 헌원씨 배를 만들어 내어 통하지 못하던 곳을 건너다니게 하시어 후대 사람이 본을 받아 사농공상을 업으로 삼아 다자기 직업을 삼았으니, 막대하신 공이 아닌가. 하우씨⑧ 구 년 동안 내린 비를 배를 타고 다니며 물줄기를 바로잡은 뒤에 다섯 구역과 아홉 주로 나누어 다스렸고, 오자서가 쫓기어 정나라로 갔

---

* 어동육서(魚東肉西) : 제사 상을 차릴 때 생선류는 동쪽에, 육류는 서쪽에 놓는 순서.
* 좌포우혜(佐脯右醯) : 제사 상을 차릴 때 육포는 왼쪽에, 식혜와 장류는 오른쪽에 놓는 순서.
* 홍동백서(紅東白西) : 제사 상을 차릴 때 붉은색 과일은 동쪽에, 흰색 과일은 서쪽에 놓는 순서.
* 도사공(都沙工) : 뱃사공의 우두머리.

다가 다시 오나라로 도망 올 때 사공이 돈을 받지 않고 건네주었고, 해성에서 패한 항왕이 한나라 군사에게 쫓기어 오강으로 돌아들 때 사공이 배를 맨 채 기다리고 있고,[9] 제갈공명이 조화를 부려 동남풍을 빌어 조조의 십만 대병을 수륙으로 화공하니,[10] 배 아니면 어찌하였겠습니까. 도연명[11]은 전원으로 돌아오고, 장한[12]은 강동으로 돌아갈 때 또한 배를 탔고, 소동파는 임술년 칠월에 작은 배를 가는 대로 띄워 놓고 놀았습니다. '지국총 어사화' 하는 노 젓는 소리 내며 배를 저어 노니는 것은 어부의 즐거움이요, 계수나무 돛대와 난초 노를 저어 긴 개*로 내려가는 것은 오나라와 월나라 여인들이 연꽃을 따는 배요,[13] 재물을 싣고 오가며 달을 보내는 것은 장삿배 아닌가. 우리 동무 스물네 명이 장사로 업을 삼아 십여 세에 조수 타고 여기저기 다니더니, 인당수 용왕님은 사람을 제물로 받기에 유리국 도화동에 사는 십오 세 된 효녀 심청을 제물로 드리오니 사해용왕님은 고이고이 받으옵소서. 동해신 아명, 서해신 거승, 남해신 축융, 북해신 우강이며 칠금산 용왕님, 자금산 용왕님, 개개 섬 용왕님, 영각대감 성황님, 허리 간의 화장 성황님, 이물* · 고물* 성황님, 다 굽어보옵소서. 수로 천 리 먼먼 길에 바람구멍을 열어 내고 낮이면 큰 쟁반에 물 담은 듯이 배도 무쇠가 되고, 닻도 무쇠가 되고, 용총 마루 닻줄도 모

---

* 개 : 강이나 내에 바닷물이 드나드는 곳.
* 이물 : 배의 머리.
* 고물 : 배의 뒷부분.

두 무쇠로 점지하옵고, 몰락하는 일 없고, 물건 잃고 돈 잃는 액운을 모두 막아 주어 억십만 금 이익을 내고, 대 끝에 봉기 달고 웃음으로 즐거워하고 춤으로 기뻐하게 점지하여 주옵소서."

축원을 마친 도사공이 북을 둥둥 치면서 말하였다.

"심청은 시*가 급하니 어서 바삐 물에 들라."

심청은 일어나 두 손을 합장하고 하느님께 빌었다.

"비나이다, 비나이다. 하느님 전에 비나이다. 심청이 죽는 일은 조금도 섧지 아니하나, 병신 부친의 깊은 한을 생전에 풀려 하옵고 이 죽음을 당하오니, 밝은 하늘은 감동하셔서 침침한 아비 눈을 밝히 뜨게 하여 주옵소서."

심청이 빌기를 마친 뒤에 뱃사람들을 향하여 말하였다.

"여러 선인님네, 편안히 가옵시고 억십만 금 이익을 내어 이 물가를 지나거든 나의 혼백을 불러 무랍*이나 주오."

심청이 두 활개를 쩍 벌리고 뱃전에 나서 보니, 맑고 깨끗한 푸른물은 월리렁 출렁 뒤둥굴어지고 너울거려 물거품이 부쩍 일었다. 심청이 기가 막혀 뒤로 벌떡 주저앉아 뱃전을 다시금 잡고 기절하여 엎드린 양은 차마 보지 못할러라.

심청이 다시 정신 차려 할 수 없이 일어나 온몸을 추슬렀다. 치마 폭을 머리에 올려 쓰고 총총걸음으로 물러섰다 창해 중에 몸을 던

---

* 시(時) : 차례가 정해진 시각. 여기서는 물에 들어갈 시각을 뜻한다.
* 무랍 : 굿을 하거나 물릴 때에 귀신을 위하여 물에 말아 밖에 내 두는 한술 밥.

지며,

"애고애고 아버지, 나는 죽소."

하고, 뱃전에 한 발을 지칫대다가* 거꾸로 풍덩 빠졌다. 살구꽃은 풍랑을 쫓고, 밝은 달은 물속에 잠기니, 아득한 바다의 좁쌀 한 알과 같았다. 새는 날의 고요한 아침같이 물결은 잔잔하고, 미친 듯 불던 바람도 잦아들며 안개 자욱한 중에 가는 구름이 머물렀다. 하늘의 푸른 안개는 새는 날 동쪽 하늘처럼 명랑하였다.

도사공이

"고사를 지낸 후에 일기 순통하니* 심 낭자의 덕이 아니신가."

하고 말하니, 좌중이 모두 같은 마음이었다.

고사를 마친 뒤에 술 한 잔씩 먹고 담배 한 대씩 피우고 나서 도사공이 말하였다.

"행선합세."

"어 그리 합세."

"어기야, 어기야."

배 젓는 소리 한 곡조에 삼승돛* 짝을 채워 양쪽에 갈라 달고 남경으로 들어갈 제 와룡수 여울물에 쏘아 놓은 화살같이, 기러기 발에 묶어 보낸 편지 북해상에 기별 가듯이 순식간에 남경에 도착하였다.

---

* 지칫대다가 : 당연히 떠나야 할 자리를 훌쩍 떠나지 못하고 자꾸 머뭇거리다가.
* 순통하니 : 일이 순조롭게 잘 통하니.
* 삼승돛 : 석새 삼베로 만든 돛.

용왕이 심청을 용궁으로 모셔 들이다

이때에 심 낭자는 푸른 바다에 몸이 들어 죽는 줄로 알았는데, 오색 구름이 찬란하고 이상한 향내가 진동하더니, 옥피리 맑은 소리가 은은히 들렸다. 그래서 거기에 머물러 주저하고 있었다. 이때 옥황상제께서 인당수 용왕과 사해용왕, 지부왕에게 자세히 명령하셨다.

"내일 하늘이 낸 효녀 심청이가 그곳에 갈 것이니 몸에 물 한 점 묻지 않게 하여라. 만일 모시기를 잘못하면, 사해용왕에게는 천벌을 내리고, 지부왕*은 쫓아낼 것이다. 수정궁으로 모셔 들여

---

* 지부왕(地府王) : 지부의 왕이라는 뜻으로, 염라대왕을 달리 이르는 말이다.

삼 년을 잘 모신 뒤에 단장하여 세상으로 보내라."

명령을 받은 사해용왕과 지부왕이 모두 다 황겁*하여 무수한 강과 바다의 여러 장수와 내와 연못의 임금을 불러들였다. 원참군 별주부,① 승지 도미, 비변랑 낙지, 감찰 잉어, 수찬 송어, 한림 붕어, 수문장 메기, 청명사령 자가사리, 승대 북어 · 삼치 · 갈치, 앙금 방게, 수군 백관이며 백만 물고기 병사도 불러들였다. 무수한 선녀들은 백옥으로 장식한 가마를 들고 와서 그때를 기다렸다. 과연 옥같은 심 낭자 물로 뛰어드니 선녀들이 받들어 교자*에 올렸다. 심 낭자가 정신을 차려 말하였다.

"인간 세상의 천한 제가 어찌 용궁의 교자를 타오리까?"
여러 선녀들이 여쭈오되,

"옥황상제의 분부가 지엄하십니다. 만일 타지 아니하시면 우리
  용왕이 죄를 면치 못할 것입니다. 사양치 마시고 타옵소서."
하니, 심 낭자 그제야 마지못하여 교자 위에 높이 앉았다.

여덟 선녀는 교자를 메고, 여섯 용이 가까이서 모시고, 바다의 여러 장수와 병사들이 좌우로 호위하였다. 청학을 탄 두 동자는 앞길을 인도하여 해수로 길 만들고 풍악을 울리면서 들어갔다. 이때 하늘의 선관, 선녀들이 심 소저를 보려고 벌려 섰다. 태을선녀*는 학을

* 황겁(惶怯) : 겁이 나서 얼떨떨함.
* 교자(轎子) : 앞뒤로 두 사람씩 네 사람이 어깨에 메고 다니는 가마.
* 태을선녀(太乙仙女) : 하늘 북쪽에 있어 전쟁, 재난, 생사를 맡아 다스린다는 태을성의
  선녀.

타고, 적송자*는 구름을 탔다. 사자 탄 갈선옹②과 청의동자 백의동자, 쌍쌍 시비 취적성*과 월궁항아 서왕모며, 마고선녀③, 낙포선녀④와 남악부인*의 여덟 선녀⑤ 다 모였다. 고운 옷에 좋은 패물을 달고 향기도 이상하며 풍악도 진동하였다. 왕자진⑥의 봉피리며, 곽 처사⑦의 죽장구며, 성연자⑧의 거문고와 장자방⑨의 옥통소며, 혜강⑩의 해금이며, 완적*의 휘파람에 적타고⑪ · 취옹적⑫ 하며, 「능파사」⑬ · 「보허사」 · 「우의곡」 · 「채련곡」을 차례로 연주하니, 그 풍류 소리 수궁에 진동하였다.

수정궁으로 들어가니, 인간 세상과는 다른 별세계가 펼쳐졌다. 남해 광리왕이 통천관*을 쓰고 백옥으로 만든 홀*을 손에 든 모습으로 씩씩하고 패기 있게 들어오니, 삼천팔백 수궁 대신들이 왕을 위하여 영덕전 큰문 밖에 차례로 늘어서서 연달아 만세를 불렀다. 심 낭자의 뒤로는 백로 탄 여동빈,⑭ 고래 탄 이적선⑮과 청학 탄 장여가 하늘을 날아다니고 있었다.

집치레를 보니 참으로 솜씨 있고 장엄하였다. 용의 뼈를 걸어서 대들보를 하였는데, 신령스런 빛이 해같이 빛났다. 물고기 비늘로

---

* 적송자(赤松子) : 옛 신선의 이름.
* 취적성(吹笛聲) : 피리 부는 소리.
* 남악부인(南岳夫人) : 중국 호남성 형산에 있는 남악의 선녀. 김만중의 「구운몽」에도 나온다.
* 완적(阮籍) : 중국 위나라 사람. 죽림칠현의 으뜸 되는 사람으로 술을 좋아하고 거문고를 잘 탔다.
* 통천관(通天冠) : 황제가 조칙을 내리거나 정무를 볼 때에 쓰는 관.
* 홀(笏) : 벼슬아치가 조정에 나가 임금님을 뵐 때 조복에 갖추어 손에 쥐는 물건.

기와를 덮었는데, 상서로운 기운이 하늘에 서렸다. 진주와 비단조개로 지은 화려한 대궐은 하늘의 해, 달, 별의 빛에 상응하였다. 왕후의 덕이 보통과 달라 빼어났는데, 인간의 다섯 가지 복을 다 갖추고 있었다. 산호로 만든 발과 대모로 만든 병풍은 광채가 찬란하였다. 인어가 짠 비단 휘장을 구름같이 높이 쳤다. 동쪽을 바라보니, 대붕*이 날아 움직이는데, 쪽빛보다 더 푸른 물은 보* 가에 둘러 있다. 서쪽을 바라보니, 신선이 산다는 약수 가의 버들은 아득한데, 한 쌍의 청조가 날아든다. 북쪽을 바라보니, 물 위로 머리털만큼 가늘게 보이는 육지의 경치는 비취색을 띠고 있다. 위를 바라보니, 상서로운 구름 사이로 비치는 햇살 붉은데, 위로는 삼천 리 하늘에 뻗쳐 있고 아래로는 십 리에 뻗쳐 있다.

음식을 둘러보니, 세상의 음식이 아니로다. 수정으로 만든 소반과 옥돌로 만든 상 위에 놓은 유리잔을 호박 받침으로 받쳐서 자하주[16]와 천일주[17]를 마시고, 기린포[18]로 안주한다. 호리병에 제호탕[19]과 감로주[20]도 들어 있다. 한가운데에는 삼천 년에 한 번 열리는 벽도[21]도 덩그렇게 고여 있다. 모두 신선계의 음식이니, 그 맛을 비교할 수 없다.

심청이 수궁에 머무를 때 옥황상제의 명이니 받들어 모심이 극진하였다. 사해용왕이 다 각기 시녀를 보내어 조석으로 번갈아 문

* 대붕(大鳳) : 새 중에서 가장 큰 새로 그 등의 길이가 수천 리나 된다고 한다.
* 보(洑) : 논에 물을 대기 위한 수리 시설의 하나. 둑을 쌓아 흐르는 물을 막고, 그 물을 담아 두는 곳이다.

안하며 시위한다. 금으로 수를 놓은 색색의 비단옷에 꽃과 같은 얼굴과 달과 같은 태도의 시녀들이 사랑을 받으려고 정성을 다한다. 교태를 부리며 웃는 시녀, 얌전하게 대하는 시녀, 날 때부터 예쁜 시녀, 빼어나게 아름다운 시녀들이 주야로 모일 적에 삼 일에 작은 잔치를 열고, 오 일에 큰 잔치를 열었다. 상당에는 채단이 백 필 있고 하당에는 진주가 서 되나 놓여 있다. 이처럼 정성껏 모시면서도 부족함이 없을까 각별히 조심하였다.

이때 무릉촌 장 승상 댁 부인이 심 소저의 글을 벽상에 걸어 두고 날마다 징험하였다. 한동안 빛이 변치 아니하더니, 하루는 글 족자에 물이 흐르고 빛이 변하여 검어졌다. 이를 본 부인은 심 소저가 물에 빠져 죽은 것이라 생각하여 크게 탄식하였다. 이윽고 족자의 물이 마르고 빛이 도로 황홀해졌다. 부인이

'누가 구하여 살아났는가?'

하며 이상하게 생각하였다.

그날 밤에 장 승상 부인은 제물을 마련하여 가지고 강가로 갔다. 심 소저의 혼을 불러 위로하는 제사를 지내려고 시비를 데리고 강가에 다다랐다. 밤은 깊어 삼경인데, 첩첩이 싸인 안개는 산자락에 잠겨 있고, 모락모락 이는 내는 강물에 어리었다. 작은 배를 저어 강 가운데로 가서 띄워 놓고, 배 안에다 제상을 차렸다. 부인이 손수 잔을 부어 흐느끼며 소저를 불러 위로한다.

"아아, 슬프다. 심 소저야, 죽기를 싫어하고 살기를 원함은 사람

마음에 당연한 것이다. 그런데 너는 길러 주신 아버지의 은덕을 죽기로써 갚으려는 일편단심*으로 스스로 목숨을 끊었다. 이는 고운 꽃이 흩어지고 나비가 불에 드는 것과 같으니, 어찌 아니 슬프냐. 한잔 술로 위로하니, 응당 소저의 혼이 없어지지 않았을 터인즉 고이 와서 흠향*함을 바라노라."

부인이 말을 마치고 눈물 뿌리며 통곡하니, 세상의 작고 하찮은 것인들 어찌 아니 감동하리오. 뚜렷이 밝던 달도 둘레의 구름 속에 숨고, 해맑게 불던 바람도 고요하다. 어룡도 있었던지 강심은 적막하고, 모래밭에 놀던 백구도 목을 길게 빼어 '끌룩끌룩' 소리 한다. 무심히 지나가던 어선들은 가던 뱃길 머무른다. 뜻밖에 강 가운데로부터 한줄기 맑은 기운이 뱃머리에 어리었다가 잠시 후에 사라지며 일기가 명랑해졌다. 부인이 반겨 일어서서 보니, 가득히 부었던 잔이 반이나 줄었다. 이를 본 부인이 못내 느꺼워하였다.

하루는 광한전* 옥진부인이 오신다 하여 수궁이 뒤눕는 듯하였다. 용왕이 겁을 내어 호령하니, 사방이 분주하였다. 원래 이 부인은 심 봉사의 처 곽씨 부인인데, 죽어서 광한전 옥진부인이 되었다. 그 딸 심 소저가 수궁에 왔단 말을 듣고, 상제께 잠시 말미를 얻어 모녀 상봉하려고 오는 길이었다.

---

* 일편단심(一片丹心) : 한 조각의 붉은 마음이라는 뜻으로, 진심에서 우러나오는 변치 않는 마음을 이르는 말.
* 흠향(歆饗) : 신명이 제물을 받아서 먹음.
* 광한전(廣寒殿) : 달 속에 있다고 하는 전각.

심 소저는 그분이 뉘신 줄을 모르고 멀리서 바라볼 따름이었다. 다섯 가지 색의 구름이 어리었는데, 오색으로 장식한 가마를 옥 기린 위에 높이 싣고, 벽도화*와 단계화*를 좌우에 벌려 꽂았다. 각 궁 시녀들은 시위하고, 청학·백학들은 앞에서 인도하였다. 봉황은 춤을 추고, 앵무는 말을 전하는데, 생전 처음 보는 장관이었다.

이윽고 부인이 당도하여 교자에서 내려 섬돌에 올라서며 다정한 소리로 불렀다.

"내 딸 심청아!"

심청이 그제야 모친인 줄 알고 왈칵 뛰어 나서며 말하였다.

"어머니 어머니, 저를 낳고 초이레 안에 돌아가셨으니 벌써 십오 년을 얼굴도 몰라서 가없이 깊은 한이 갤 날이 없었습니다. 오늘 이곳에 와서 어머니와 상면할 줄을 알았더라면 떠나 오던 날 아버지 앞에서 이 말씀을 여쭈었을 것입니다. 그랬더라면 절 보내고 설운 마음을 조금이나마 위로하실 수 있었을 것입니다. 우리 모녀는 서로 만나 좋거니와 외로우신 아버님은 뉘를 보고 반기시리까. 아버지 생각이 새롭습니다."

부인이 울며,

"나는 죽어 귀히 되어 인간 생각 아득하다. 너의 부친 너를 키워 서로 의지하였다가 너조차 이별하니, 너 오던 날 그 정상이 오죽

---

* 벽도화(碧桃花) : 벽도의 꽃.
* 단계화(丹桂花) : 붉은 계수나무의 꽃.

하였으랴. 내가 너를 보고 반가운 마음이야 너의 부친이 너를 잃은 설움에다가 비길쏘냐. 묻노라. 너의 부친 가난에 싸이어서 그 형용이 어떠하냐? 응당 많이 늙었으리라. 그간 수십 년에 앓지나 않았느냐? 뒷마을 귀덕 어미 네게 극진히 아니 대하더냐?"

하였다. 부인은 청에게 얼굴을 대어 보고 수족도 만져 보며 말을 계속하였다.

"귀와 목이 흰 것은 너의 부친과 같구나. 손과 발이 고운 것을 보니, 어찌 내 딸이 아니라 하겠느냐? 내가 끼던 옥지환도 네가 지금 끼었으며, '수복강녕'과 '태평안락'이란 글을 양편에 새긴 돈을 넣은 빨간 모직 주머니, 주홍색 비단실로 매듭진 것도 네가 찼구나. 아비 이별하고 어미 다시 보니, 두 가지 일이 모두 온전하기는 어려운 것이 인간의 고락이란다. 그러나 오늘날 나를 다시 이별하고 너의 부친을 다시 만날 줄을 네가 어찌 알겠느냐? 광한전 맡은 일이 매우 많아 오래 비우기 어려워서 이렇게 이별하니, 애달프고 슬프다. 하지만 임의로 못하나니 한탄한들 어이 할쏘냐. 다음에 다시 만나 즐길 날이 있으리라."

부인이 이렇게 말하며 떨치고 일어서니, 소저 만류하지 못하고 따라갈 길이 없는지라 울며 하직하고 수정궁에 머물렀다.

심 봉사가 뺑덕 어미와 살며 재산을 모두 없애다

이때 심 봉사 딸을 잃고 모진 목숨 죽지 못하여 겨우 목숨을 부지하고 살아가는데, 도화동 사람들이 심 소저가 지극한 효성으로 물에 빠져 죽은 것을 불쌍히 여겨 타루비를 세우고 글을 새겼다.

단지 어버이의 두 눈을 뜨게 하려는 마음에서
제 몸을 버려 효를 이루려고 용궁에 갔구나.
연기 낀 물결 위에 그 마음만 떠 있으니,
아름다운 풀은 해마다 돋아나나 그 한은 끝이 없구나.

강가에 왕래하는 행인이 이 비문을 보고 울지 않는 사람이 없었다. 심 봉사는 딸 생각이 나면 그 비를 안고 울곤 하였다.

동네 사람들이 심 봉사의 곡식을 빌려 주고 이자 받는 일을 착실히 해 주어 형세가 해마다 늘어 갔다. 그 동네에 서방질 일쑤 잘하여 홀레*하는 개같이 눈이 벌겋게 다니는 뺑덕 어미가 심 봉사에게 돈과 곡식이 많이 있는 줄을 알고 자원하여 심 봉사의 첩이 되어 살았다. 이년의 입버릇이 또한 아래 버릇과 같아 한시 반 때도 놀지 아니하려고 하는 년이었다. 양식 주고 떡 사 먹기, 베를 주고 돈을 사서 술 사 먹기, 정자 밑에서 낮잠 자기, 이웃집에 밥 붙이기, 동네 사람더러 욕설하기, 나무꾼들과 쌈 싸우기, 술 취하여 한밤중에 앙탈 부려 울음 울기, 빈 담뱃대 손에 들고 보는 대로 담배 청하기, 총각 유인하기 등 온갖 악한 버릇을 다 가지고 있었다. 그러나 심 봉사는 여러 해 주린 판이라, 그중에 부부 사이의 즐거움은 있어서 아무것도 몰랐다. 그래서 가산이 점점 쇠퇴하여 결딴 났다.

심 봉사가 생각다 못하여서 뺑덕 어미에게 말하였다.

"여보 뺑덕이네, 우리 형세 착실하다고 남이 다 수군수군하더니, 근래에 어찌 되었는지 살림이 아주 결딴 나서 도리어 빌어먹게 되었네. 이 늙은 것이 다시 빌어먹자 한들 동네 사람들에게 부끄럽고, 나의 신세도 참혹하여 끔찍스러우니 어디 낯을 들고 다니겠나!"

* 홀레 : 짐승의 암놈과 수놈이 교접함. 또는 그 짓. 교미.

"봉사님, 여태 자신 게 무엇이요? 식전마다 해장하신다고 먹은 죽 값이 여든두 냥이오. 저렇게 갑갑하다니까. 낳아서 키우지도 못한 것 밴다고 살구는 어찌 그리 먹고 싶던지, 살구 값이 일흔석 냥이오. 저렇게 갑갑하다니까."

심 봉사는 속이 타지만 헛웃음을 웃으며 말하였다.

"야, 살구는 너무 많이 먹었다. 그렇지마는 계집 먹은 것은 쥐 먹은 것이라 하니, 알아서 쓸데없다. 우리 세간을 다 팔아 가지고 타관으로 나가세."

"그도 그러하오."

그래서 남은 가재도구를 다 팔아서 이고 지고 정처 없이 떠났다.

연꽃을 타고 돌아온 심청이 황제와 혼인하다

하루는 옥황상제께서 사해 용왕에게 명을 내렸다.

"심 소저가 좋은 사람 만나 부부 인연을 맺을 날이 가까우니 인 당수로 돌려보내어 좋은 때를 잃지 말게 하라."

분부가 지엄하니, 사해용왕이 명을 따라 심 소저를 내보낼 준비를 하였다. 심청을 큰 꽃송이에 모시고, 두 시녀로 하여금 가까이서 모시게 하였다. 아침저녁으로 먹을 것과 금은보화를 많이 넣고, 옥 으로 만든 화분에 고이 담아 인당수로 나오는데, 사해용왕이 친히 나와 전송하였다. 각 궁 시녀들도 나와서 축원의 말을 하였다.

"소저는 인간에 나가셔서 부귀와 영화를 오래오래 누리시옵소서."
심청이 대답하였다.

"여러 왕의 덕을 입어 죽을 몸이 다시 살아 세상에 나가오니 은
혜를 잊을 수 없습니다. 모든 시녀들과도 정이 깊어졌습니다. 떠
나기 섭섭하오나 이승과 저승의 길이 다른 까닭으로 이별하고
갑니다. 수궁의 귀하신 몸이 내내 평안하옵소서."

심청이 하직하고 돌아서니, 순식간에 꿈같이 인당수에 도착하였
다. 심청이 탄 꽃이 물 위에 번듯이 떠서 수면을 영롱케 하니, 천신
의 조화요, 용왕의 신기하고 영묘한 힘이었다. 바람이 불어도 까딱
없고, 비가 와도 흐르지 아니하였다. 다섯 가지 색의 아름다운 구
름이 꽃봉오리 속에 어리어 둥덩실 떠 있을 때, 남경 갔던 뱃사람
들이 억십만 금 이문을 얻어 고국으로 돌아왔다.

뱃사람들은 인당수에 다다라 배를 매고 제물을 정성껏 차린 뒤
에 용왕에게 제사를 지내며 빌었다.

"우리 일행 수십 명의 살*과 액*을 물리치고 소망을 이루어 주시
옵소서. 용왕님의 넓으신 덕택을 감사하며 한잔 술로 정성을 드
립니다. 여러 용왕님께서 뜻을 합하고 마음을 하나로 모아 흠향
하옵소서."

이렇게 빈 후 제물을 다시 차려 놓고, 심 소저의 혼을 불러 슬픈

---

* 살(煞) : 사람을 해치거나 물건을 깨뜨리는 모질고 독한 귀신의 기운.
* 액(厄) : 모질고 사나운 운수.

말로 위로하였다.

"하늘이 낸 효녀 심 소저는 늙은 아버지의 눈을 뜨게 하려고 이 팔청춘 꽃다운 몸이 죽음을 두려워하지 않고 고향에 돌아가듯이 여겨 푸른 물에 뜬 외로운 혼이 되었으니, 어찌 아니 가련하고 불쌍한가. 우리 선인들은 소저로 인하여 장사에 이문을 내고 고국으로 돌아가는데, 소저의 꽃다운 영혼은 어느 날에 다시 돌아올까? 가다가 도화동에 들러서 소저의 부친 살았는가 생사는 알고 가오리다. 이제 한잔 술로 위로하니, 만일 영혼이 있어서 이를 알거든 공손히 바라건대 흠향하옵소서."

뱃사람들이 제사를 마치고 제물을 바다에 던진 뒤에 눈물을 씻고 한 곳을 바라보니 한 송이 꽃봉오리가 바다에 둥실 떠 있었다. 뱃사람들이 이상히 여겨 저희들끼리 의논하였다.

"아마도 심 소저의 영혼이 꽃이 되어 떴나 보다."

가까이 가서 보니 과연 심 소저가 빠지던 곳이라. 마음이 감동하여 꽃을 건져 내어 놓고 보니, 크기가 수레바퀴 같아서 두세 사람이 너끈히 앉을 만하였다.

"이 꽃은 세상에 없는 꽃이다. 참으로 이상하고 괴이하다."

선인들이 꽃을 건져 올려 싣고 올 때 배의 빠르기가 살 가듯 하였다. 네댓 달 걸려서 간 길을 며칠 만에 도착하니, 이 또한 이상하다고 하였다.

억십만 금 남은 이익금을 각기 나누어 가질 때 도선주*는 무슨 마음으로 재물은 마다하고 꽃봉오리만 차지하여 저의 집에서 가장 정한 곳에 단을 쌓고 두었다. 그랬더니 향취가 집 안에 가득하고, 여러 빛깔의 아름다운 구름이 이를 감싸고 있었다.

이때에 송나라 천자는 황후가 세상을 떠났는데, 간택*을 아니하시고 화초를 구하여 심어 두고 즐기셨다. 상림원①에 다 채우고, 황극전② 뜰 앞으로 여기저기 심어 두고, 옥같이 고운 풀과 아름다운 꽃으로 벗을 삼아 지내시니, 화초가 많기도 많다. 팔월의 군자인 부용, 맑은 물 가득한 연못의 홍련화, 그윽한 향기 퍼지는 달밤에 소식 전하던 매화, 정든 임 떠난 뒤에 재배한 나무에서 핀 복숭아 꽃, 달에서 가져온 계화, 아름다운 여인의 손톱에 물들이려고 금절구에 넣고 찧는 봉선화, 구월 구일 용산에 올라 술을 빚어 마시는 국화, 공자 왕손이 꽃나무 아래에서 풍류를 즐긴 모란화, 배꽃이 떨어져 땅에 가득한데 문은 열리지 않는 장신궁③ 안의 배꽃, 공자가 칠십 제자에게 강론하던 행단④의 살구꽃, 천태산 양쪽 기슭에 피어 있는 작약, 촉나라 망한 한을 못 이기어 피를 토한 두견화가 피어 있다. 또 촉국 · 백국 · 시월국이며, 교화 · 난화 · 산당화며, 장미화에 해바라기며, 주자화 · 금선화 · 능수화 · 견우화 · 영산홍 · 자산홍 · 왜철쭉 · 진달래 · 백일홍 · 난초 · 반초 · 강진행이 피어 있다. 그 가운데에 전나무와 호도목, 석류목에 송백목 · 치자 ·

목송·백목이며, 율목·시목에 행자목·자두·능금·도리목이며, 오미자·탱자·유자목을 심었다. 그리고 포도, 다래, 으름 넝쿨 너울너울 각색으로 층층이 심어 두고 때를 따라 구경하였다. 그때 향기로운 바람이 건듯 불면 우질우질 넘놀며 울긋불긋 떨어진다. 여기에서 벌·나비·새·짐승이 춤추며 노래하니, 천자가 여기에 재미를 붙여 날마다 구경하였다.

이때에 남경 뱃사람이 궐내의 소식을 듣고 홀연 생각하였다.

'옛사람이 벼슬 등지고 천자를 생각하였다 한다. 나도 이 꽃을 가져다가 천자께 드린 후에 정성을 나누리라.'

그는 인당수에서 얻은 꽃을 옥으로 만든 화분에 옮겨 심어 가지고 대궐로 갔다. 궐문 밖에 당도하여 이 뜻을 알리니, 천자가 반기며 그 꽃을 들여다가 황극전에 놓았다. 자세히 보니, 빛이 찬란하여 해와 달이 빛을 내는 것과 같고, 크기가 짝이 없으며 향기가 특별하여 세상 꽃이 아니었다.

황제가 꽃을 보면서 생각하였다.

'달에 있는 붉은 계수나무 그림자가 뚜렷이 보이니 계수나무 꽃도 아니다. 요지 가에 삼천 년에 한 번 열리는 벽도화가 있으나, 동방삭이 따온 후에 삼천 년이 못 되니 벽도화도 아니다. 서역국에 연꽃의 씨가 떨어져 그게 꽃이 되어 바다 가운데로 떠왔는가?'

황제는 그 꽃 이름을 '강선화'라 하셨다. 그리고 자세히 살펴보니,

붉은 안개 어리어 있고, 상서로운 기운이 공중에 가득하다. 황제가 크게 기뻐하시며 화단에 옮겨 놓았다. 아름답던 모란화나 부용화가 다 그 아래 질로 들어가니, 매화나 국화·봉선화는 모두 다 신하라고 칭하였다. 천자가 지금까지 즐기던 꽃을 다 버리고 이 꽃만을 좋아하셨다.

하루는 천자가 당나라의 옛일을 본받아 궁녀에게 명하시어 화청지[5]에 목욕하고, 몸소 달을 따라 화단을 거니는데, 밝은 달은 뜰에 가득하고 바람은 자는 듯 고요하였다. 그때 강선화 봉오리가 문득 움직이더니, 가만히 벌어지며 무슨 소리가 나는 듯하였다. 얼른 몸을 숨기고 가만히 살펴보니, 곱고 예쁜 용녀가 얼굴을 반만 들어 꽃봉오리 밖을 내다보다가 사람의 자취가 있음을 보고 급히 들어 갔다. 이를 본 황제는 홀연 심신이 황홀하고, 의혹이 여러 갈래로 일었다. 그래서 한참 동안 그대로 지켜보고 있었으나, 다시는 움직임이 없었다. 황제가 가까이 가서 꽃봉오리를 가만히 벌리고 보자 한 소녀와 두 미인이 있었다. 천자가 반기며 물었다.

"너희가 귀신이냐, 사람이냐?"

미인이 즉시 내려와 꿇어 엎드려 여쭈었다.

"소녀는 남해 용궁의 시녀인데, 소저를 모시고 해양으로 나왔다가 감히 황제의 얼굴을 뵈었으니, 참으로 황공합니다."

이 말을 들은 천자는 마음속으로 생각하였다.

'옥황상제께옵서 좋은 인연을 보내셨구나. 하늘이 주는 것을 취

하지 않으면 다시는 때가 오지 않는다. 배필로 정하리라.'

황제는 혼인하기로 결심하고 태사관*으로 하여금 혼인날을 잡게 하니, 오월 오일 갑자일이었다. 황제는 소저를 황후로 봉하여 승상의 집으로 모시게 한 뒤에 정한 날이 되매 전교하셨다.

"이러한 일은 아주 먼 예부터 지금까지 없는 일이니 혼인 의례 절차를 특별히 조심하여 거행하라."

이렇게 혼인 의례를 행하니, 위엄스런 거동은 요즈음에 처음이오, 전에도 없던 일이었다.

황제가 잔치 자리에 나와 서시니, 꽃봉오리 속에서 두 시녀가 소저를 곁에서 부축하여 모시고 나오는데, 북두칠성의 좌우 보필이 갈라선 것처럼 궁중이 휘황찬란하여 바로 보기 어려웠다.

국가의 경사라 죄수들을 석방하고, 남경 갔던 도선주에게는 특별히 무장 태수를 명하였다. 조정에 가득한 여러 신하들은 만세를 부르고, 온 나라 백성들은 장수하고 부귀하며 아들 많이 낳기를 진심으로 축원하였다.

심 황후의 덕택이 매우 중하시어 해마다 풍년이 들었다. 태평성대를 누리던 요임금과 순임금이 다스리던 때를 다시 본 듯 강성한 시대가 되었다. 심 황후는 부귀가 최고에 이르렀으나 항시 마음에 숨은 근심이 있으니, 그것은 부친 생각이었다.

---

* 태사관(太史官) : 천문, 역수, 측후 등의 일을 맡아 보던 관리.

심청이 맹인 잔치를 열다

하루는 심 황후가 근심스런 마음을 이기지 못하여 시종을 데리고 옥 난간에 기대어 서 있었다. 가을 달은 밝아 산호 발에 비치고, 귀뚜라미 슬피 울어 울적한 심사를 돋운다. 그때 마침 외로운 기러기가 울고 날아오니, 황후가 반가운 마음에 바라보며 말하였다.

"기러기야, 너 오느냐. 거기 잠깐 머물러서 나의 하는 말 들어라. 흉노족에게 붙들려 있던 한나라 소무의 편지를 전하던 기러기냐?[①] 푸른 물 하얀 모래 이끼 낀 강 언덕에 시름을 못 이겨서 날아오는 기러기냐? 도화동의 우리 부친 편지를 매고 네가 오느냐? 이별 삼 년에 소식을 못 들었다. 내가 이제 편지를 써서 네게 전할 터이니, 부디 속히 전하여라."

심 황후가 방 안에 들어가 얼른 상자를 열고 두루마리 종이를 끊어 내어 붓을 들고 편지를 쓰려 할 때 눈물이 먼저 떨어져서 글자는 시커멓게 되고, 말은 앞뒤가 바뀌었다.

"슬하를 떠나 해가 바뀌기를 세 번 하였으니, 고향의 아버지를 그리워하여 쌓인 한이 큰 강이나 바다같이 깊사옵니다. 그동안 아버지 정신과 건강 상태가 늘 한결같이 평안하신지요? 사모하는 마음 그지없음을 삼가 아뢰옵니다. 불효녀 심청은 선인을 따라갈 때 하루 열두 시에 열두 번씩이나 죽고 싶었으나, 틈을 얻지 못하여서 대여섯 달을 물에서 자고, 마침내는 인당수에 가서 제물로 빠졌습니다. 그런데 하느님이 도우시고, 용왕이 구해 주셔서 세상에 다시 나와 지금 천자의 황후가 되었습니다. 부귀영화가 극진하오나 간장에 맺힌 한 때문에 부귀도 뜻이 없고, 살고 싶지도 않습니다. 다만 한 가지 소원은 아버지를 다시 뵙는 것입니다. 한 번 뵈온 후에는 그날 죽어도 한이 없겠나이다. 아버지께서는 저를 보내고 겨우겨우 지내면서 문에 기대어 저를 생각하시는 것을 잘 압니다. 죽었을 때는 혼이 막혀 있고, 살았을 때는 액운이 막히어서 하늘이 정해 준 인연이 끊어졌나이다. 그동안 삼 년에 눈을 떴사옵니까? 동네에 맡긴 돈과 곡식은 그저 있겠지요? 이를 잘 보존하시며, 아버지 귀하신 몸을 십분 보중하옵소서. 쉬이 뵈옵기를 천만 바라옵나이다."

연월일시 얼른 써 가지고 나와 보니 기러기는 간데없고, 넓고 멀어서 아득한 구름 밖에 은하수만 기울었다. 다만 별과 달은 밝게 빛나고, 가을바람은 몸으로 느끼기에 쌀쌀하였다.

심 황후는 하릴없어 편지를 집어 상자에 넣고 소리 없이 울었다. 이때에 황제가 내전에 들어오시어서 황후를 바라보니, 미간에 수심을 띠어 청산은 석양에 잠긴 듯하고, 얼굴에 눈물 흔적이 있어 황국화가 태양에 시드는 듯하였다. 황제가 황후에게 물었다.

"무슨 근심이 있기에 눈물 흔적이 있습니까? 귀하기는 황후가 되었으니 천하에서 제일 귀하고, 부하기는 사해를 차지하였으니 인간의 제일 부자라. 무슨 일이 있어 이렇듯 슬퍼하십니까?"

"신첩*의 마음에 큰 소원이 있사오나 감히 여쭙지 못하였습니다."

"큰 소원이 무엇인지 자세히 말씀해 보시오."

황후 다시금 꿇어앉아 여쭈었다.

"신첩은 용궁 사람이 아니오라 황주 도화동에 사는 맹인 심학규의 딸이었는데, 아비의 눈뜨기를 위하여……."

심 황후가 뱃사람에게 팔려 인당수 물에 제물로 빠진 사연을 자세히 여쭈니 황제 들으시고 말씀하셨다.

"그러하시면 어찌 진작 말씀을 못하셨습니까? 어렵지 아니한 일이오니 너무 근심치 마시오."

---

* 신첩(臣妾) : 여자가 임금에 대해 자기를 일컫는 말.

이튿날 황제는 조회*를 마친 뒤에 조정의 여러 신하들과 의론*하시고,

"황주로 사자를 보내어 심학규를 부원군의 예로 모셔 와라."

하고 명하였다.

얼마 후 황주 자사가 장계*를 올렸다.

"과연 본주 도화동에 맹인 심학규가 있었는데, 몇 년 전에 마을을 떠나 떠돌므로 간 곳을 알 수 없습니다."

황후가 이 말을 듣고 슬픈 마음을 이기지 못하여 눈물을 흘리며 슬피 울고 한숨을 내쉬며 탄식하였다. 황제가 위로하여 말하였다.

"죽었으면 하릴없거니와 살았으면 만날 날이 있지 설마 찾지 못하겠습니까?"

황후 크게 깨달은 바 있어서 황제께 여쭈었다.

"과연 한 계책이 있사오니 그리 하옵소서. 온 나라 안의 모든 신하와 백성이 임금의 신하 아닌 사람이 없습니다. 백성 중에 가장 불쌍한 것이 늙은 홀아비, 늙은 과부, 부모 없는 어린아이, 자식 없는 늙은이입니다. 그중에 불쌍한 게 병신이오나, 병신 중에 더욱 맹인입니다. 천하의 맹인을 모두 모아 잔치를 하옵소서. 저들이 천지의 해와 달과 별이며, 검고 흰 것과 길고 짧은 것을 보지

---

* 조회(朝會) : 모든 벼슬아치가 함께 정전에 모여 임금에게 문안 드리고 정사를 아뢰던 일.
* 의론(議論) : 각자의 의견을 주장하거나 논의함.
* 장계(狀啓) : 왕명을 받고 지방에 나가 있는 신하가 자기 관하의 중요한 일을 왕에게 보고하던 일. 또는 그런 문서.

못하고 부모와 처자를 보아도 보지 못하여 원한 둠을 풀어 주옵
소서. 그렇게 하면 그 가운데에서 신첩의 부친을 만날 수 있을 것
입니다. 이것은 신첩의 원일 뿐 아니오라, 또한 국가의 화평한 일
도 되올 듯하니 처분이 어떠하옵나이까?"

천자가 이 말을 듣고 크게 칭찬하였다.

"과연 여자 중의 요임금, 순임금 같은 분입니다. 그렇게 합시다."

천자가 이 일을 온 나라에 반포하였다.

"벼슬 한 사람이나 공부한 선비나 서민을 가리지 말고 맹인의 성
명과 주소를 장부에 적어 각 읍으로 보내라. 이들을 잔치에 참예
하게 하되, 만일 맹인 하나라도 영을 몰라 참예치 못한 자가 있으
면 해당하는 지방의 신하와 수령에게는 큰 벌을 내릴 것이다."

황제의 명령이 사리에 밝으며 신령스러우니 온 나라의 도와 읍이
놀랍고 두려워 지체 없이 거행하였다.

심 봉사가
황성 맹인 잔치에 가다

이때 심 봉사는 뺑덕 어미를 데리고 이리저리 떠돌아다녔다. 하루는 들으니 황성에서 맹인 잔치를 연다고 하였다. 심 봉사가 뺑덕 어미에게 말하였다.

"사람이 세상에 났다가 황성 구경 한번 못하면 되겠는가. 우리 황성 구경하여 보세. 낙양 천 리 멀고 먼 길을 나 혼자 갈 수 없네. 나와 함께 황성에 감이 어떠한가? 길에 다니다가 밤에야 우리 할 일 못할까? 우리 가세."

"그리 하오."

그날로 길을 떠나 뺑덕 어미 앞세우고 며칠을 걸어서 한 역*이

102

있는 마을에 당도하여 자게 되었다. 그 근처에 황 봉사라 하는 소경이 있는데, 그는 반소경이고 형세도 넉넉하였다. 뺑덕 어미가 음탕하여 서방질 일쑤 잘한단 말을 듣고 한번 보기를 원하였다. 그는 뺑덕 어미가 심 봉사와 함께 온다는 말을 듣고, 주막 주인과 의론하여 뺑덕 어미를 빼어 내려고 주인을 온갖 방법으로 꾀었다. 뺑덕 어미는 곰곰이 생각하였다.

'막상 내가 따라가더라도 잔치에 참예할 길 전혀 없고, 돌아온들 형세도 전만 못하고 살 길이 전혀 없다. 차라리 황 봉사를 따르면 말년 신세는 편안하리라.'

뺑덕 어미는 주인과 약속을 단단히 정하고,

'심 봉사 잠들기를 기다려 내빼리라.'

하고 자는 척하며 누워 있었다. 얼마 후 심 봉사가 잠이 드니, 뺑덕 어미는 슬그머니 나와 달아났다.

이때에 심 봉사가 잠을 깨어 음흉한 생각이 있어 옆을 만져 보니, 뺑덕 어미가 없었다. 심 봉사가 손을 내밀어 보며 말하였다.

"여보, 뺑덕이네, 어디 갔는가?"

아무런 동정이 없고 윗목 구석에 놓여 있는 고추 섬에 쥐가 와서 바스락바스락하였다. 심 봉사는 뺑덕 어미가 장난하는 줄만 알고 두 손을 떡 벌리고 일어서며,

---

* 역(驛) : 중앙 관아의 공문을 지방 관아에 전달하며, 외국 사신이나 벼슬아치가 여행할 때 말을 공급해 주던 곳.

"날더러 기어 오라는가?"

하며 더듬더듬 더듬으니, 쥐란 놈이 놀라 달아났다. 심 봉사 허허 웃으면서,

"이것 이것 요리 간다."

하고 이 구석 저 구석 두루 쫓아다녔으나, 쥐가 영영 달아나고 없었다.

심 봉사 가만히 앉아 생각하니 헤픈 마음에 여태까지 속았도다. 뺑덕 어미는 벌써 털 속 좋은 황 봉사에게 가서 궁둥이 셈을 하는데, 있을 수가 어찌 있는가.

"여보 주인네, 우리 집 마누라 안에 들어갔소?"

"그런 일 없소."

심 봉사 그제야 달아난 줄을 알고 혼자 탄식한다.

"여봐라 뺑덕 어미, 날 버리고 어디 갔는가? 이 무상하고 고약한 계집아, 황성 천 리 먼먼 길에 뉘와 함께 벗을 삼아 가리오."

심 봉사가 한참 울다가 퍼뜩 정신을 차리고 스스로 꾸짖고 손을 휠휠 뿌리며 말하였다.

"아서라, 아서라. 이년, 내가 너를 생각하는 것이 지켜야 할 예절을 차릴 줄을 모르는 코찡찡이 아들놈 같은 짓이다. 공연히 그런 잡년을 정 들였다가 가산만 탕진하고, 길에서 낭패를 당하니, 모두 나의 신수 소관이라. 누구를 원망하고 누구를 탓하랴. 우리 어질고 현명하며 음전하던 곽씨 부인 죽는 모습도 보고 살아 있고,

하늘이 낸 효녀 심청이 이별하여 물에 빠져 죽는 양도 보고 살았

거든, 하물며 저만 한 년을 생각하면 개 아들놈이다."

마치 누구와 마주 앉아 이야기하듯 혼자 군말하다 날이 밝으니 다

시 길을 떠났다.

이때는 오뉴월이라 더위가 심하여 땀이 흘러 등을 적셨다. 심 봉

사가 시냇가에 의관*과 봇짐을 벗어 놓고, 냇물에 들어가 목욕을

하고 나왔는데, 의관과 봇짐이 간곳없었다. 옷과 갓, 봇짐이 간곳

없으므로, 냇가에서 사방을 더듬더듬 더듬는 모습은 사냥개가 메

추라기 냄새를 맡고 미친 것처럼 더듬는 것과 같았다. 심 봉사가

이리저리 더듬으며 찾았지만 소용이 없었다.

심 봉사는 오도 가도 못하여 큰 소리로 슬피 울며 넋두리를 하

였다.

"애고애고, 낙양 천 리 멀고 먼 길을 어찌 가리. 네 이 좀도적놈

의 새끼야, 내 것을 가져가서 나 못할 일 시키느냐. 허다한 부잣

집의 먹고 쓰고 남는 재물이나 가져다가 쓸 것이지, 눈먼 놈의 것

을 갖다 먹고 온전할까? 빨래해 줄 아낙네 없으니 뉘게 가서 밥

을 빌며, 의복이 없으니 뉘라서 옷을 주리. 귀머거리, 절름발이

다 각기 병신 섧다 하되 해와 달과 별을 보고 검은 것과 흰 것, 길

고 짧은 것 등 모든 것을 분별하는데, 나는 무슨 놈의 팔자로 소

경이 되었는고?"

---

* 의관(衣冠) : 옷과 갓.

한창 이렇게 슬피 울며 탄식하고 있는데, 때마침 무릉 태수가 황성에 갔다가 내려오고 있었다.

"에라 이놈 둘러섰다 나이거라. 오험허허."

태수의 뒤를 따르는 하인이 또 소리쳤다.

"예이 냅더바라 흐트러진 박식수문돌 중중하다. 어돌바라도리야."

한창 이리 왁자지껄 떨떨거려 내려오니 심 봉사는 벽제* 소리를 반겨 듣고,

"옳다. 어느 관장이 오나 보다. 억지나 좀 써 보리라."

하며 벼르고 앉아 있었다. 행차가 가까이 오자, 심 봉사는 두 손으로 부자지를 거머쥐고 엉금엉금 기어들어 갔다. 좌우에 호위하던 나졸들이 달려들어 밀쳐 내니, 심 봉사는 무슨 세력이나 있는 사람처럼 소리쳤다.

"네 이놈들아, 내게 이럴 수 있느냐? 나는 지금 황성에 가는 소경이다. 너의 성명은 무엇이며, 이 행차는 어느 고을 행차인지 썩 일러라."

한창 이렇게 실랑이를 하고 있으니, 무릉 태수가 나서서 말하였다.

"너, 내 말을 들어라. 어디 있는 소경이며, 어찌 옷을 벗었으며, 무슨 말을 하고자 하는가?"

심 봉사 말하였다.

"생은 황주 도화동에 사는 심학규입니다. 황성으로 가는 길에 날

---

* 벽제(辟除) : 존귀한 이의 행차에 하인이 여러 사람의 통행을 금하여 길을 치우는 일.

106

이 심하게 더워 그냥 갈 수 없기에 잠깐 목욕하고 나와서 보니, 어느 못된 좀도둑이 의관과 봇짐을 모두 가져갔습니다. 저는 실로 낮도깨비와 같은 꼴이 오도 가도 못하게 되었습니다. 의관과 봇짐을 찾아 주시거나 따로 마련하여 주십시오. 그리 아니하옵시면 길을 갈 수 없습니다. 사또께서 특별히 조처하여 주시기 바라옵니다."

태수가 이 말을 듣고 불쌍히 여겨 말하였다.

"네 아뢰는 말을 들으니, 유식한 것 같구나. 사정을 호소하는 글을 지어 올려라. 그런 후에야 의관과 노잣돈을 주겠다."

심 봉사가 아뢰었다.

"글은 좀 아오나 눈이 어둡습니다. 형방을 가까이 오게 해 주시면 불러서 쓰게 하겠습니다."

태수가 형방에게 분부하여 받아쓰라 하였다. 심 봉사가 하소연하는 글을 서슴지 않고 부르니, 형방이 이를 적어 올렸다. 태수가 받아 본즉 다음과 같이 적혀 있었다.

저는 하늘에 죄를 얻어
타고난 명이 박합니다.
밝기가 해와 달보다 더 밝은 것이 없거늘
두 눈이 어두워 분별하지 못합니다.
즐거움은 부부의 낙보다 더한 것이 없거늘

처가 죽어 저승에 갔으니 이를 이룰 수 없어 통탄스럽습니다.

일찍이 청운의 뜻을 품었건만

늦게는 흰머리의 가난하고 구차한 사람이 되었습니다.

눈물이 마르지 아니하여 옷깃을 적시고,

한이 무궁하여 늘 미간을 찡그리게 합니다.

아침저녁으로 몸이 쇠하니,

그 쇠함을 피부를 보고 알겠습니다.

먹을 양식 있고 빨래하는 아낙 있으면서

옷으로 자기 몸을 가리지 못하는 사람이 어디 있겠습니까?

지금의 천자는 아주 훌륭하시어서 맹인 잔치를 여시니,

그 덕이 봄볕과 함께 그윽한 골짜기에도 미치었습니다.

길은 멀다 하는데 내가 가진 것은 지팡이 하나뿐이요,

집이 가난하여 내가 차고 있는 것은 표주박 하나뿐입니다.

증점을 본받아 목욕하다가[①]

의복과 관망을 백사장에서 잃었는데,

노자와 봇짐을 많은 행인 중에서 찾을 수 없습니다.

신세를 돌아보면 울에 갇힌 양과 같고

벌거벗은 몸은 낮도깨비와 같으며,

혼자 슬피 우는 양은 그림자 없는 귀신입니다.

엎드려 생각하옵건대

상공은 지방을 잘 다스린 이이와 두소의 재주와 치적을 가진 분입니다.

　　청천대 화살에 상한 새를 구하옵고,

　　말라 드는 물에 있는 물고기를 빨리 구해 주십시오.

　　고금에 없는 이 어려움을 구해 주시면,

　　이 세상에 다시 태어나게 한 은혜를 찬송하겠습니다.

　　밝게 살펴 처분하여 주십시오.

　심 봉사가 지어 올린 글을 본 태수는 크게 칭찬하고, 통인*을 불러 옷을 넣은 농을 열고 의복 한 벌 내어 주라 하였다. 그리고 급창*을 불러 가마 뒤에 달린 갓을 떼어 주라 하고, 아전을 불러 노비를 주라 하였다.

　심 봉사가 또 말하였다.

　"신 없어 못 가겠습니다."

　"신이야 어찌할 수 없지 않느냐? 하인의 신을 주고 싶으나, 그가
　　발을 벗고 가야 하니 할 수 없구나?"

이렇게 말하는데, 마침 그중에 마부 노릇을 심히 하는 놈이 있었다. 그는 말 탄 손님의 돈을 일쑤 잘 발라내곤 하였다. 말죽 값도 한 돈이 들어가면 열두 닢을 우려내고, 신이 성하여도 떨어졌다 하고 신 값을 받아 내서 신을 말 궁둥이에다 매달고 다녔다. 태수가 그

---

* 통인(通引) : 수령의 잔심부름을 하는 사람.
* 급창(及唱) : 조선 시대에 군아에 속하여 원의 명령을 간접으로 받아 큰 소리로 전달하
　는 일을 맡아 보던 사내종.

놈의 하는 짓을 괘씸히 여겨 그 신을 떼어 주라 하였다. 급창이 달려들어 떼어 주니, 심 봉사가 신을 얻어 신은 후에 말하였다.

　"그 흉한 도적놈이 백통으로 만들고 오동으로 목숨 수 자와 복복 자 새긴 담배설대 마침맞게 맞추어 대 속도 아니 메었는데 가져갔으니, 오늘 가면서 먹을 대가 없습니다."

이 말을 들은 태수가 기가 막혀 웃으며 말하였다.

　"그러하면 어찌하잔 말인가?"

　"글쎄 그렇단 말씀입니다."

태수 웃으시고 담뱃대를 내 주시니, 심 봉사가 이를 받아 가지고 말하였다.

　"황송하오나 평안도에서 나는 좋은 담배 한 대 맛보았으면 좋을 듯합니다."

방자를 불러 담배 내 주시니, 심 봉사가 이를 받았다.

　심 봉사는 태수를 하직하고 황성으로 가면서, 큰 소리로 울면서 말하였다.

　"길에서 어진 수령을 만나 의복은 얻어 입었으나, 길을 인도할 이 없으니 어찌하여 찾아갈까!"

　이렇듯이 탄식하며 한 곳을 당도하니, 나무와 수풀은 우거지고 향기로운 풀은 고개를 숙이고 있었다. 앞내 버들은 푸른 휘장을 두른 듯하고, 뒷내 버들은 초록 휘장을 두른 듯이 한가지로 펑퍼져서 휘늘어졌다. 심 봉사 나무 그늘을 의지하여 쉬고 있느라니까 온갖 새가 날아든다.

홀연히 날아오는 뭇 새들이 말을 주고받으며 짝을 지어서 쌍쌍이 왕래한다. 말 잘하는 앵무새며 춤 잘 추는 학두루미, 따오기, 청망산 기러기, 갈매기, 제비 모두 다 날아들 제 장끼는 낄낄, 까투리 표푸두둥, 방울새 덜렁, 호반새 수루룩, 온갖 잡새 다 날아든다. 만수문전 풍년새며, 저 쑥국새 울음 운다. 이 산으로 가면서 쑥국쑥국, 저 산으로 가면서 쑥국쑥국, 저 꾀꼬리 울음 운다. 머리 곱게 빗고 물 건너로 시집가자. 저 가마귀 울고 간다. 이리로 가며 갈곡, 저리로 가며 꽉꽉. 저 집비둘기 울음 운다. 콩 하나를 입에 물고 암놈 수놈이 어르느라고 둘이 혀를 빼어 물고 구루우구루우 어르는 소리 할 제, 심 봉사 점점 들어가니 뜻밖에 목동 아이들이 낫자루 손에 쥐고 지게 목발 두드리면서 「목동가」로 노래하며 심 맹인을 보고 희롱한다.

겹겹이 싸인 청산 중에 한 봉우리 우뚝한데,
청산을 감돌아 흐르는 맑은 물은 가득 차서 깊고 깊다.
좁은 세상에 너른 바다가 여기로다.
지팡막대 비껴들고 천 리 강산 들어가니,
하늘 높고 땅 넓은 이 산중에 놀 만한 곳이 많구나.
동쪽 언덕에 올라 조용히 풍월을 즐기고,
맑은 물가에서 시를 읊조린다.

산과 내의 기세 좋거니와 남해 풍경 더욱 아름답다.

좋은 경치 못 이기어 칼을 빼어 높이 들고

녹수청산 그늘 속에 오락가락 내다보며

동서남북 산들을 오락가락하며 구경하니,

원근 산촌 두세 집이 떨어지는 꽃잎과 저녁 연기에 잠겼구나.

깊은 산의 처사 어디 있나 물을 곳이 없도다.

무심한 저 구름은 가을철 맑은 물에 어려 있다.

유유한 가마귀는 청산 속에 왕래한다.

황정견이 살던 황산곡[2]이 어디인가

도연명이 살던 오류촌[3]이 여기로다.

영척[4]은 소를 타고 맹호연[5] 나귀 탔네.

두목지[6] 보려고 백낙천변[7] 내려가니

장건[8]은 승사*하고 여동빈 백로 타고,

맹동야[9] 넓은 들의 와룡강변[10] 내려가니

팔진도[11] 축지법[12]은 제갈공명뿐이로다.

이 산중에 들어오신 심 맹인이 분명하다.

이리저리 노닐면서 종일토록 즐기니

산과 물을 좋아하고 즐기면서 인의예지 하오리다.

소나무 사이로 부는 바람으로 거문고 소리를 삼고,

---

* 승사(乘槎) : 뗏목을 타는 것.

폭포로 북을 삼아 자잘한 시비 다 버리고 흥에 겨워 노닐 적에

아침 날 가져온 술을 점심 지어 다 먹으며

황총 피리 손에 들고 자진곡을 노래하니

상산에 들어가 숨은 네 신선,[13] 나를 합하면 다섯이요.

죽림칠현[14] 몇몇인고, 나를 합하면 여덟이라.

고소성 밖 한산사에서 밤중에 울리는 종소리 여기로다.

시왕전에서 경쇠 치는 저 노승아

삼천세계 극락전에 인도환생하는구나.

아미타불 관세음보살 정성으로 외우는데

극력으로 안심[15]하여 옛사람을 생각하니

주나라 강태공[16]은 위수에서 고기 낚고

유현덕[17]과 제갈량[18]은 남양 운중 밭을 갈고

이승기절 장익덕[19]은 우리촌에서 걸식하고

이 산중에 들어오신 심 맹인도 또한 때를 기다리라.

목동들이 이렇듯이 심 봉사를 빗대어 노래하였다.

　심 봉사 목동들을 이별한 뒤 마을을 지나고 또 지나서 여러 날 만에 황성에 가까이 갔다. 낙수교를 얼른 지나 황성 가까이 있는 마을을 들어가니, 한 곳에 방아집이 있어 여러 여인들이 방아를 찧고 있었다. 심 봉사가 더위를 피하느라고 방아집 그늘에 앉아 쉬고 있는데, 여러 사람이 심 봉사를 보고 말하였다.

"애고, 저 봉사도 잔치에 오는 봉사요? 요사이 봉사들 시세 좋지."

"저리 앉았지 말고 방아 좀 찧어 주지."

심 봉사 그제야 마음속으로

'옳지, 양반의 댁 종이 아니면 상놈의 아낙네로다.'

생각하고, 한번 희롱하여 보리라 마음먹었다.

"천 리 타향에 산을 넘고 물을 건너서 오는 사람더러 방아 찧으
라 하기를 내 집안 어른에게 하듯 하니, 무엇이나 좀 줄려면 찧어
주지."

"애고, 그 봉사 음흉하여라. 주기는 무엇을 주어. 점심이나 언어
먹지."

"점심 얻어먹자고 찧어 줄까?"

"그러면 무엇을 주어? 고기나 줄까?"

심 봉사 하하 웃으며 말하였다.

"그것도 고기야 고기지만은 주기가 쉬울까?"

"줄지, 안 줄지 어찌 아나. 방아나 찧고 보지."

"옳지. 그 말이 반 허락이렸다."

방아에 올라서서 떨구덩떨구덩 찧으면서 심 봉사 지어 내어 소
리를 하였다.

"방아 소리는 잘하지마는 뉘라서 알아주리."

여러 아낙네들이 그 말 듣고 졸라대니 심 봉사 견디지 못하여 방아
소리를 하는구나.

어유아 어유아 방아요.

옛날에 천황씨는 목덕으로 왕 하시니,[20] 이 나무로 왕 하셨는가.

어유아 방아요.

유소씨는 새가 보금자리를 만들고 사는 것을 보고 사람에게 집 짓

는 법을 가르치셨으니, 이 나무로 집을 얽었는가.

어유아 방아요.

신농씨가 나무로 따비*를 만들어 농사법을 가르쳤으니

이 나무로 따비를 만들었나.

어유아 방아요.

이 방아가 뉘 방안가. 각 댁 하님*의 가죽 방아인가.

어유아 방아요.

떨구덩떨구덩 허첨허첨 찧는 방아 강태공이 만든 방아.

어유아 방아요.

깊은 산의 나무를 베어 이 방아를 만들었네,

방아 만든 제도 보니 이상하고 이상하다.

사람을 본떴는가 두 다리 벌려 내어

젊은 여인의 예쁜 얼굴에 비녀를 보니 한허리에 잠* 질렀네.

어유아 방아요.

---

* 따비 : 쟁기보다 좀 작고 보습이 좁은 농구의 하나.
* 하님 : 여자 종을 대접하여 부르는 말.
* 잠(簪) : 비녀. 여기서는 방아의 지름목을 가리킨다.

길고 가는 허리를 보니 초패왕의 애첩 우미인* 넋일런가.

그네 타고 놀던 발로 이 방아를 찧겠구나.

어유아 방아요.

머리 들고 있는 양은 푸른 바다의 늙은 용이 성을 낸 듯

머리를 숙이어 조아리는 양은 주란왕이 머리를 조아림인가.

어유아 방아요.

춘추 시대의 백리해 죽은 후에 방아 소리 끊어졌더니

우리 임금 착하시어 나라가 태평하고 백성이 편안한데,

하물며 맹인 잔치 고금에 없었으니

우리도 태평성대에 방아 소리나 하여 보세.

어유아 방아요.

한 다리 높이 밟고 오르락내리락 하는 양과

실룩벌룩 삐쭉삐쭉 조개로다.

어유아 방아요.

얼시고 좋을시고 지화자 좋을시고.

흥에 겨워 이렇게 노니, 여러 하님들이 듣고 깔깔 웃으며 말하였다.

"요 봉사, 그게 무슨 소리요? 자세히도 아네. 아마도 그리로 나왔
나 보오."

"그리로 나온 게 아니라 해 보았지."

---

* 우미인(虞美人) : 초패왕 항우의 애첩.

거기에 모인 사람들이 모두 손뼉을 치며 깔깔 웃었다.

심 봉사는 그럭저럭 방아 찧고 점심을 얻어먹은 뒤 봇짐에다 술 넣어 지고, 지팡막대를 척 쥐고 나면서 인사를 하였다.

"자 마누라들, 일들 하오. 잘 얻어먹고 가네."

"어 그 봉사, 심심치 아니하고 사람 좋은데. 잘 가고 내려올 제 또 오시오."

심 봉사는 거기서 하직하고 차차 성안에 들어가니 억만 장안이 모두 다 소경이라. 서로 딱딱 부딪혀서 다니기가 어려웠다. 한 곳을 지나는데, 한 여인이 문밖에 섰다가 불렀다.

"저기 가는 게 심 봉사시오?"

"거 누군고? 날 알 사람이 없건마는 누가 나를 찾나?"

"여보시오, 댁이 심 봉사 아니오?"

"그렇소만, 어찌 아는고?"

"그럴 만한 일이 있으니 잠깐 기다리시오."

잠시 후 한 여인이 나와 집 안으로 데리고 들어가서 사랑에 앉히고 저녁상을 들여왔다. 심 봉사가

'괴이하다. 이게 어찌 된 일인가?'

생각하며 밥상을 보니, 반찬이 참으로 좋았다. 밥을 달게 먹은 후에 조금 있자 날이 저물어 황혼이 되었다.

그 여인이 다시 나와 안으로 들어가기를 권하였다.

"여보시오 봉사님, 날 따라서 내당으로 들어갑시다."

"이 집 바깥주인이 있는지 없는지 모르는데, 어찌 남의 안방으로 들어간단 말이오?"

"예, 그것은 걱정하지 마시고 나만 따라오시오."

"여보시오, 무슨 우환이 있어 이러하시오? 나는 동티경*도 읽을 줄 모르오."

"여보, 헛말씀 그만 하고 들어가 보시오."

여인이 지팡막대를 끌어당기니 심 봉사는 끌려가며 의심이 나서,

'아뿔사, 내가 아마도 보쌈*에 들어가지. 위태하다.'

이처럼 군말을 하며 대청으로 올라갔다.

심 봉사가 자리에 앉으니 동편에 있던 여인이 물었다.

"심 봉사십니까?"

"어떻게 아시오?"

"아는 도리 있습니다. 먼 길에 평안히 오셨습니까? 저의 성은 안 가입니다. 황성에서 대대로 사는데, 불행하여 부모가 모두 돌아가시고 홀로 이 집을 지키고 있습니다. 올해 나이는 스물다섯 살이고, 아직 혼인하지 못하였습니다. 일찍이 점치는 법을 배워 배필 될 사람을 찾고 있었습니다. 그런데 며칠 전에 한 우물에 해와 달이 떨어져 물에 잠기고, 제가 그것을 건져 품에 안는 꿈을 꾸었

---

* 동티경 : 통티가 났을 때 독경무가 읽는 경문. 통티는 건드려서는 안 될 것을 건드려서 그것을 맡은 신의 성냄을 입어 재앙을 받는 일이나 그 재앙을 말한다.
* 보쌈 : 귀한 집 딸이 남편을 둘 이상을 섬겨야 할 팔자라 할 때, 팔자 땜을 시키려고 그 수효대로 밤에 남의 남자를 보자기에 싸서 잡아다가 그 딸과 상관시키고 죽이던 일.

습니다. 하늘의 일월은 사람의 눈과 같은데 일월이 떨어졌으니 저와 같이 맹인인 것을 알고, 물에 잠겼으니 심씨인 줄 알았습니다. 그래서 일찍부터 종을 시키어 문 앞에 지나는 맹인을 차례로 물어 온 지 여러 날입니다. 하늘과 신령의 도움으로 이제야 만났으니, 하늘에서 정해 준 인연인가 합니다."

심 봉사가 픽 웃으며 말하였다.

"말이야 좋지만, 그렇게 되기가 쉽겠소?"

안씨 맹인이 종을 불러 차를 들이라 하여 권한 후에 물었다.

"사시는 곳은 어디며, 어떤 분이십니까?"

심 봉사가 자기 신세 앞뒤 사정을 낱낱이 말하며 눈물을 흘리니, 안씨 맹인이 위로하였다.

그날 밤에 동침할 때, 한창 좋을 고비에 둘이 다 없는 눈이 벌떡벌떡할 듯하되 서로 알 수 있나. 사람은 둘이나 눈은 합하면 넷이로되 담배씨만큼도 보이지 아니하니, 하릴없어 잠을 잤다. 아침에 일어나니 주렸던 판이요, 첫날밤이니 오죽 좋았으랴마는 심 봉사가 근심이 가득하여 앉아 있었다. 이를 보고 안씨 맹인이 물었다.

"즐거운 빛이 없으시니, 무슨 까닭입니까? 제가 도리어 무안합니다."

"본디 팔자가 사납고 복이 없어 평생을 두고 일의 징조를 경험하였는데, 막 좋은 일이 있으면 언짢은 일이 생기곤 하였소. 간밤에 꿈을 꾸었는데, 평생 불길할 징조이오. 내 몸이 불에 들어가 보이고, 가죽을 벗겨 북을 메우고, 또 나뭇잎이 떨어져 뿌리를 덮어 보이니, 아마도 나 죽을 꿈인가 보오?"

"그 꿈 참 좋습니다. 흉한 것은 곧 길하다 하였으니, 제가 잠깐 해몽하겠습니다."

안씨 맹인이 다시 세수하고 향로에 불을 피운 다음, 단정히 꿇어 앉아 산통*을 높이 들고 축원하는 글을 읽은 후에 점괘를 풀어 글을 지었다.

몸이 불에 들어가니 뜨거워 뛰는 것처럼

기쁘고 즐거워 뛰는 일이 있을 것이오.

가죽을 벗겨 북을 메우니 북소리는 궁성이라

궁에 들어갈 징조요.

낙엽은 뿌리에게로 돌아가니

자손을 만날 것이오.

"대몽이오니 대단히 반갑습니다."

심 봉사가 웃으며 말하였다.

"그것은 전혀 가당치 않소. 전혀 관계가 없는 말로, 꾸며 낸 말이오. 내 본디 자손이 없으니 누구를 만나겠소. 잔치에 참여하면 궁에 들어가는 것이고, 나라에서 주는 밥도 먹는 격이지."

* 산통(算筒) : 점을 칠 때 산가지를 넣는 통.

안씨 맹인이 또

"지금은 내 말을 믿지 아니하나 두고 보세요. 반드시 좋은 일이 있을 것입니다."

하고 말하였다.

심 봉사가 아침밥을 먹은 후에 대궐 문밖에 당도하니 속히 맹인 잔치에 들라 하였다. 대궐 안으로 들어가니 대궐 안이 오죽 좋으랴마는, 빛이 거무충충하고 소경 냄새가 진동한다.

심청이 아버지를 만나고 심 봉사는 눈을 뜨다

　　　　　　　　이때 심 황후는 여러 날 맹
인 잔치를 하면서 참석한 맹인의 명부를 들여다 놓고 보았다. 그러
나 심씨 맹인이 없어 탄식하였다.

　"이 잔치를 베푼 것은 부친을 뵙자고 한 것인데, 부친을 뵙지 못
하였으니 내가 인당수에서 죽은 줄로만 아시고 애통하여 죽으셨
나? 몽운사 부처님이 영검하사 그동안에 눈을 떠서 온 세상을 환
히 보게 되어 맹인 축에서 빠지셨는가? 잔치는 오늘이 마지막이
니 내가 친히 나가 보리라."

　심 황후가 후원에 자리를 정하시고 맹인 잔치를 열게 하였다. 홍

겨운 음악이 울리게 하고, 음식도 풍부하게 마련하여 잔치를 하였다. 잔치가 끝나면 맹인의 명부를 올리라 하여 의복 한 벌씩을 내어 주었다. 맹인이 다 고맙다고 인사하며 받아 가는데, 명부에 없는 맹인 한 사람이 앞에 서 있었다. 이를 본 황후가 상궁에게 물었다.

"어떠한 맹인이오?"

이에 심 봉사 겁을 내어 사실대로 말했다.

"저는 몹시 구차하여 들어 있을 만한 집조차 없어서 천지로 집을 삼고, 사해로 밥을 부치어 떠돌아다닙니다. 그래서 어느 고을에도 정해 놓은 주소가 없어 맹인 명부에도 들지 못하고 제 발로 들어왔습니다."

황후가 반기시며 별전으로 모시라고 하였다. 상궁이 명을 따라 심 봉사의 손을 끌어 별전으로 들어갔다. 심 봉사는 영문을 모르고 겁이 나서 걸음도 제대로 걷지 못할 지경이었다. 심 봉사가 별전의 계단 아래에 서 있으니, 심 맹인의 얼굴은 몰라보게 달라졌고, 머리에는 흰머리가 듬성듬성하였다.

황후는 삼 년을 용궁에서 지냈으므로 부친의 얼굴이 어렴풋하여 물었다.

"처자가 있느냐?"

심 봉사 땅에 엎드려 눈물을 흘리면서 여쭈었다.

"여러 해 전에 아내를 잃고, 태어난 지 이레도 채 안 되어 어미 잃은 딸 하나가 있었습니다. 저는 눈 어두운 중에 어린 자식을 품에 품고 동냥젖을 얻어 먹여 근근이* 길렀습니다. 딸아이는 자라면서 효행이 뛰어나서 옛사람에 비길 바가 아니었습니다. 그런데 요망한 중이 와서 공양미 삼백 석을 시주하면 눈을 떠서 보리라 하였습니다. 저의 딸이 이 말을 듣고, '어찌 아비 눈뜨리란 말을 듣고 그저 있으랴?' 하고, 달리는 마련할 길이 전혀 없어 저도 모르게 남경 선인들에게 삼백 석에 몸을 팔아 인당수의 제물로 빠져 죽었습니다. 그때 딸의 나이 십오 세였는데, 눈도 뜨지 못하고 자식만 잃었사옵니다. 자식 팔아먹은 놈이 이 세상에 살아 쓸데없사오니 죽여 주십시오."

황후가 눈물을 흘리며 그 말을 자세히 들으니 아버지가 분명하였다. 부자간의 천륜에 어찌 그 말씀이 그치기를 기다리랴마는 자연 말을 만들자 하니 그런 것이었다.

심 봉사의 말이 채 끝나기도 전에 황후가 버선발로 뛰어내려 와서 부친을 안고 말하였다.

"아버지, 내가 과연 인당수에 빠져 죽었던 심청이오."

심 봉사 깜짝 놀라,

"이게 웬 말이냐?"

하더니, 어찌나 반갑던지 뜻밖에 두 눈이 갈라 떨어지는 소리가 나면서 두 눈이 활짝 밝아졌다. 심 봉사 눈뜨는 소리에 그 자리에 가득 앉아 있던 맹인들의 눈들이 일시에 헤번덕 짝짝, 갈치 새끼 밥

* 근근이 : 어렵사리. 겨우.

먹이는 소리같이 요란하더니, 뭇 소경이 한꺼번에 눈을 떠서 밝은 세상을 보게 되었다. 집 안에 있는 소경, 계집 소경도 눈이 다 밝아지고 배 안의 맹인, 배 밖의 맹인, 반소경, 청맹과니*까지 모두 다 눈이 밝았다. 이것은 맹인에게 천지개벽*과 같았다.

심 봉사가 반갑기는 반가우나 눈을 뜨고 보니, 도리어 처음 보는 얼굴이었다. 딸이라 하니 딸인 줄은 알겠지만, 한 번도 보지 못한 얼굴이라 알 수 있나. 하도 좋아서 죽을 둥 말 둥 춤추며 노래하였다.

얼시구절시구 지화자 좋을시고.
홍문연① 높은 잔치에서 항우가 아무리 춤을 잘 추었어도
내 춤을 어찌 당하며,
한 고조 무력으로 천하를 얻었을 때
칼춤 잘 춘다 할지라도 어허 내 춤 당할쏘냐.
어화 세상 사람들아, 아들 낳기를 중히 여기지 말고
딸 낳기를 중히 여기시오.
죽은 딸 심청이를 다시 보니
양귀비*가 죽어 환생하였는가.

---

* 청맹과니 : 보기에는 멀쩡하나 못 보는 눈. 또는 그런 사람.
* 천지개벽(天地開闢) : 하늘과 땅이 처음으로 열림.
* 양귀비(楊貴妃) : 당나라 현종의 총애를 받던 여인. 재주와 미모를 겸비한 것으로 유명하다.

우미인이 도로 환생하여 왔는가.

아무리 보아도 내 딸 심청이지.

딸의 덕으로 어두운 눈을 뜨니,

일월이 환하고 아름답게 빛나서 더욱 좋도다.

하늘의 뜻을 얻으면 나타난다는 상서로운 별이 나고,

구름이 이니 백공이 서로 화답하여 노래한다.

요순 때 같은 태평한 시대를 다시 보니

해와 달이 더욱 빛난다.

'아들 낳기를 중히 여기지 말고

딸 낳기를 중히 여기라.'는 말은 나를 두고 이름이로다.

무수한 소경들이 영문을 모르고 춤을 춘다.

지화자지화자 좋을시고. 어화 좋구나.

세월아 세월아 가지 마라.

돌아간 봄 또다시 돌아오건마는

우리 인생 한번 늙어지면 다시 젊기 어려워라.

옛글에 일렀으되 좋은 기회를 얻기 어렵다는 것은

영원히 이름이 변치 않을 어진 공자, 맹자의 말씀이요.

우리 인생 무슨 일 있으랴.

다 함께 노래하고 서로 만세를 불렀다.

그날로 심 봉사는 조회 때 입는 예복을 입고 황제가 계신 곳으로 가서 임금과 신하의 예를 갖추었다. 그리고 다시 내전으로 들어가서 그동안 마음속에 쌓아 두었던 생각과 정을 이야기하며 안씨 맹인의 일도 낱낱이 하였다.

황후가 듣고 채단으로 꾸민 교자를 보내어 안씨를 모셔 들여 부친과 함께 계시게 하였다. 천자는 심학규를 부원군으로 봉하시고, 안씨는 정렬부인으로 봉하셨다. 또 장 승상 부인에게 특별히 많은 금은을 상으로 내리셨다. 그리고 도화동 사람들에게 해마다 하는 부역을 면제하게 하고, 많은 금은을 상으로 내려 마을의 어려운 일에 쓰라 하셨다. 이에 도화동 사람들이 하늘과 같이 넓고, 바다와 같이 깊은 은혜를 치하하는 소리가 천지를 진동하였다.

황제는 무릉 태수를 예주 자사로 승진시키고, 자사에게 분부하여 황 봉사와 뺑덕 어미를 즉각 잡아 오라고 하셨다. 매우 엄하게 분부하시니, 예주 자사가 삼백여 관아에 공문을 보내어 황 봉사와 뺑덕 어미를 잡아 올렸다. 부원군이 관청 마루에 앉아 황 봉사와 뺑덕 어미를 잡아들여 문초하였다.

"네 이 무상한 년아, 산은 첩첩하고 밤은 깊은데, 천지 분간도 못하는 맹인을 두고, 황 봉사를 따라간 게 무슨 까닭이냐?"

"역촌에서 주막집을 하는 정연이라 하는 사람의 계집의 꾐에 빠져서 그랬습니다."

부원군이 더욱 대로하여 뺑덕 어미를 머리, 몸, 손, 발을 토막 치는 극형에 처하였다. 그리고 황 봉사를 불러 말하였다.

"네 이 나쁜 놈아, 너도 맹인이 아니더냐? 남의 아내 유인하여 가니, 너는 좋거니와 잃은 사람은 얼마나 불쌍하냐? 속담에 '꽃을 탐하는 미친 나비'라는 말이 있기는 하지만, 어찌 그럴 수가 있느냐? 네가 한 일은 죽어 마땅한 일이나, 특별히 먼 곳으로 귀양을 보내니, 원망하지 말라. 이를 증거로 남겨 보임으로써 뒷날 세상 사람들이 이같이 불의한 일을 본받지 못하게 하기 위함이다."

이렇게 처리하는 것을 본 조정의 모든 관리와 천하의 백성들이 덕으로 감화시키는 것을 칭송하였다.

"자손이 번창하고 왕성하며 천하에 일이 없고, 심 황후의 덕으로 감화시키는 힘이 사해에 덮였습니다. 만세, 만세, 억만세를 자손이 대를 이어 가기를 바라오며 끝도 없이 한도 없이 누리기를 엎드려 빕니다."

이때에 황후가 천자께 여쭈었다.

"이러한 즐거움이 없사오니 태평연*을 베푸시지요."

황제가 옳게 여기어 천하에 널리 알려 일등 명기와 명창을 다 불러 황극전에 앉으시고, 조정의 대신들을 모아 잔치를 베풀고 즐겼다. 천하의 제후*들이 좇아서 복종하고, 천하의 진귀한 보물을 예물로

* 태평연(太平宴) : 태평한 세월을 축하하는 잔치.
* 제후(諸侯) : 고대 중국에서 천자에게 일정한 영토를 받아 가지고 그 영내의 백성을 지

바쳤다. 일등 명창과 일등 명기 천하에 반포하여 거의 다 모았으니, 태평성대 만난 백성 곳곳에서 춤추며 노래하였다.

하늘이 낸 효녀 우리 황후의 높으신 덕이
사해에 덮였으니
요임금, 순임금 때와 같이 태평한 시절일세.
나라가 평안한가를 알기 위하여
길거리에서 동요를 들어 보던 즐거움이 있네.[②]
바닷물로 태평주 빚어 임금과 함께 취하며
오래오래 즐겨 보세.
이러한 태평연에 누가 아니 즐길쏘냐.

이렇듯이 노래할 제, 천자며 부원군이 황극전에 앉으시고 춤 잘 추는 사람, 노래 잘 부르는 사람을 불러들여 노래하고 춤추었다. 삼 일 동안 큰 잔치를 베풀어 위와 아래가 함께 즐긴 뒤에 천자와 황후와 부원군이 다 각기 자기 궁으로 돌아갔다.

배하던 작은 나라의 임금.

심청 부녀가 부귀영화를 누리다

　　그후 황후와 정렬부인 안씨가 같은 해 같은 달에 아기를 잉태하여 같은 달에 낳았는데, 둘이 다 아들이었다. 황후의 어진 마음 자기 앞은 고사하고, 부친이 생남하심을 들으시고 천자께 아뢰었다. 황제 또한 반기사 피륙과 금은, 비단을 많이 상으로 내리시고 예관*을 보내어 위문하셨다. 부원군이 팔십을 바라보는 늙은 나이에① 아들을 낳아 놓고, 기쁜 마음 측량 없어 밤낮없이 즐거워하였다. 이때 황제께서 금은 채단이며 피륙과 예관을 보내어 위문하시니, 황공하고 감사하여 예를 갖

---

* 예관(禮官) : 예의, 제향 등의 일을 맡은 관리.

추어 엎드려 절하였다. 그리고 예관을 인도하며 황제의 은혜를 못
내 감사하였다. 또 황후 더욱 기뻐하며 금은보화를 예관과 함께 보
내어 위문하였다. 부원군이 더욱 기뻐하며 조복을 갖추고 예관을
따라 별궁에 들어가 황후를 뵈었다. 황후 또한 아들을 낳았으니,
즐거운 마음을 어찌 다 측량하리오.

황후가 부친의 손을 잡고 옛일을 생각하며 한편 기뻐하고, 한편
슬퍼하며 즐거워하매 부원군도 또한 슬퍼하시더라.

이때 부원군이 집에 돌아와 예관을 따라 대궐 안의 섬돌에 다다
르니 황제가 크게 칭찬하여 말하였다.

"들으매 경이 늘그막에 귀한 아들을 얻었는데, 이는 짐의 태자와
같은 해, 같은 달, 같은 뿌리에서 나왔으니 어찌 아니 반가우리오.
아이가 자라 말이 똑똑하고 명확하면 뒷날 국사를 의론하리라."

부원군이 겸손하게 대답하였다.

"예전에 공자께서도 말씀하시기를 '아들은 낳기보다 기르기가
어렵고, 기르기보다는 잘 가르치기가 어렵다.'고 하셨으니, 뒷날
을 기다려 보겠습니다."

부원군이 물러나와 아이 상을 보니, 활달한 기상이며 깨끗하고
준수한 골격이 족히 옛사람을 본받을 만하였다. 이름을 태동이라
하였는데, 점점 자라 십 세가 되매 총명하기가 서로 견줄 만한 짝
이 없었다. 시와 글씨와 음악에도 능통하니, 부모가 손 안의 보물
처럼 아끼고 사랑하였다.

무정한 세월은 흐르는 물과 같이 빨리 지나서 십삼 세가 되었다. 황후가 태자를 여의고자 하여 같은 달 같은 날에 아들과 동생의 혼사를 황제께 아뢰었다. 황제 기뻐하사 널리 알아보라 하셨다. 이때 마침 좌각로* 권성운이 딸 하나를 두었는데, 태임의 덕행과 반희의 재질을 가졌으며 인물은 위미인*을 압도할 만하였다. 또 연왕에게 안양 공주가 있는데, 덕행이 뛰어나고 일을 처리함이 매우 민첩하다고 하였다. 황제가 연왕과 권각로를 대궐로 불러들여 어전에서 구혼하였다. 공주와 소저 또한 동갑인데 십육 세였다. 기꺼이 허락하니, 황제가 말하였다.

"권 소저로 태자의 배필을 정하고, 연왕의 공주로 태동의 배필을 삼음이 어떠하뇨?"

좌우의 사람들이 모두

"옳사이다."

하고 아뢰니, 황후와 부원군은 물론 온 조정이 즐거워하였다.

즉시 태사관에게 명하여 혼인 날을 정하라 하시니, 춘삼월 보름이 좋다고 하였다. 나라의 큰 경사라 삼월 보름이 되자 큰 잔치를 베풀고, 각 지방의 제후와 모든 조정의 대신이 차례로 둘러섰다. 두 부인은 삼천 궁녀가 시위하여 전후좌우로 받들어 모시어 교배석* 앞으로 인도하였다. 해와 달 같은 두 신랑은 백관이 받들어 모시니,

---

* 좌각로(左閣老) : 내각의 원로. 중국 명나라 때에 재상을 이르던 말.
* 위미인(衛美人) : 중국 춘추 시대 위장공의 처 장강을 말하는 듯하다.
* 교배석(交拜席) : 혼인 때 신랑과 신부가 서로 절을 주고받는 예를 하는 곳.

북두칠성의 좌우 보필이 모신 듯하였다. 달의 자태와 꽃 같은 얼굴의 두 신부는 연두 저고리에 다홍치마를 입고, 여러 가지 보물로 몸을 꾸몄으며, 각색 패물을 허리까지 늘어뜨리고 머리에는 화관을 썼다. 삼천 궁녀 모인 중에서 일등의 미인을 골라 뽑아 두 낭자를 좌우로 모시니, 월궁에 사는 선녀 항아라도 이에서 더 휘황하지는 못할러라. 아름답고 화려한 직물로 만든 넓은 장막을 공중에 높이 치고 교배석에 나아가니, 궁중이 휘황함을 입으로 다 설명할 수 없었다.

두 신랑이 각기 전안,* 납폐*한 뒤에 자기 처소에 자리를 잡았다. 혼례를 마친 신랑 신부가 한 방에 드는 첫날밤에 원앙이 푸른 잎 우거진 나무를 만난 듯 시원하고 깨끗한 정으로 은은히 밤을 지내고 나왔다. 태자가 각로를 먼저 찾아뵈니, 각로 내외 즐거워함을 이루 측량할 수 없었다. 태동이 또한 연왕 부부를 뵈니, 연왕과 왕후가 반기며 기뻐하였다.

연락을 받은 태자가 조회에 들어와 존경의 뜻으로 몸을 굽히자 황제가 즐거워하며 부원군을 들라 하여 함께 앉아 두 신랑의 인사를 받았다. 황제는 모든 신하의 아침 인사를 받은 뒤에 말하였다.

"짐이 진작 태동을 조정에 들이고자 하였으나 장가가기 전이라 지금까지 벼슬을 내리지 않았는데, 경들의 의견은 어떠하오?"

---

* 전안(奠雁) : 혼인 때 신랑이 신부 집에 기러기를 가지고 가서 상 위에 놓고 절하는 예.
* 납폐(納幣) : 신랑 집에서 신부 집으로 보내는 예물.

문무백관이 아뢰었다.

"사람됨이 뛰어나니 즉시 벼슬을 내리시옵소서."

황제가 즉시 태동을 불러 한림학사 겸 간의대부 도훈관에 이부 시랑을 하게 하시고, 그 부인은 왕렬부인을 봉하였다. 또 많은 금 과 은, 비단을 상으로 내리시며 말하였다.

"경이 전일은 공부하는 선비라 나랏일을 돕지 아니하였지만, 오 늘부터는 나라의 녹을 먹는 신하가 되었다. 충성스런 마음으로 있는 힘을 다하여 나랏일을 도우라."

시랑이 엎드려 절하고 물러나와 모친을 뵈니, 즐겁고 기쁜 마음을 어찌 다 형언할 수 있으랴.

또 별궁에 들어가 황후께 인사를 올리니, 황후가 즐거움을 이기 지 못하나 이를 억제하며 말하였다.

"신부가 어떠하더뇨?"

시랑이 자리를 고쳐 앉으며 대답하였다.

"정숙합니다."

황후가 다시 물었다.

"오늘 아침에 황제를 뵙고 무슨 벼슬을 하였느냐?"

"이러이러하였나이다."

황후 더욱 즐거워 태자와 시랑을 데리고 종일 즐긴 후 석양에 잔치 를 끝내면서 말하였다.

"속히 신부를 데리고 집으로 가거라."

"속히 데리고 가서 부모님께서 영화를 보시게 하오리다."

황후가 크게 기뻐하며 말하였다.

"내 말 또한 그 뜻이로다."

며칠 후 부원군이 날을 받아 왕렬부인을 집으로 데려오니, 부인이 예를 갖추어 시부모님을 뵈었다. 부원군과 정렬부인이 왕렬부인을 금옥같이 사랑하시며 별궁을 새로 지어 거처하게 하였다. 한림은 낮이면 나랏일을 살피고 밤이면 학문에 힘쓰니, 높고 낮은 관리와 백성이 모두 칭찬하였다.

이럭저럭 한림의 나이 스무 살이 되었다. 이때에 황제가 한림의 명망과 도덕을 신하들에게 물어보시고, 심 학사를 불러 말하였다.

"짐이 들으매 경의 명망과 도덕이 국내에 진동한다. 어찌 벼슬을 아끼겠는가."

황제가 심 학사의 벼슬을 올려 이부상서 겸 태학관을 시키시고,

"태자와 함께 공부하라."

고 하셨다. 그리고 그 부친의 품계를 또 올려 남평왕으로 봉하시고, 정렬부인 안씨를 인성왕후로 봉하였다. 또 상서부인은 왕렬부인 겸 공렬부인을 봉하셨다. 남평왕과 상서와 인성왕후가 다 황제의 은혜에 감사하며

"우리가 무슨 공이 있다고 이렇게 높은 벼슬을 하느뇨?"

하고, 밤낮으로 황제의 덕을 칭송하며 지냈다.

남평왕의 나이 팔십이 되었는데 우연히 병을 얻어 자리에 누웠

다. 온갖 약을 다 써 보았으나 효험이 없었다. 황후의 지극한 효성과 부인의 착한 마음으로 병구완을 잘하였지만, 죽을 사람을 살릴 수는 없었다. 자리에 누운 지 이레 만에 세상을 버리시니, 온 집안에 슬픔이 끝이 없었다. 황후가 애통하여 황제께 아뢰니 황제가,

"사람이 팔십까지 사는 것은 예로부터 드문 일이니 지나치게 슬퍼하지 마시오."

하고 위로하며,

"명릉 후원에 왕의 예로 안장하라."

고 하셨다. 그리고

"왕후는 삼 년 거상하라."

고 하셨다.

부원군이 젊었을 때 고생하던 일을 생각하면 무슨 여한이 있으리오.

어화 세상 사람들아, 예와 지금이 다를쏘냐. 부귀영화 누린다고 부디 사람 괄시 마시오. 즐거움이 다하면 슬픔이 오고, 고생 끝에 낙이 오는 것은 사람마다 있느니라. 심 황후의 어진 이름 길이길이 전하리라.

선녀가 심청으로 태어나다

① 이제(夷齊)

백이(伯夷)와 숙제(叔齊)를 말한다. 백이와 숙제는 은나라 제후 고죽군(孤竹君)의 두 아들로, 주나라 무왕(武王)이 은나라를 치려는 것을 말려도 듣지 않으므로 수양산에 들어가 고사리를 캐어 먹다가 죽었다고 한다.

② 안연(顔淵)

안빈낙도(安貧樂道)로 이름이 높은 공자의 수제자 안회(顔回)를 말한다.

③ 저는 쫓겨나 마땅한 사람인데

예전에 아내를 내쫓을 수 있는 이유가 되는 일곱 가지 허물이 있었는데, 이를 칠거지악(七去之惡)이라고 한다. 이것은 시부모에게 불손함, 자식이 없음, 행실이 음탕함, 투기함, 몹쓸 병을 지님, 말이 지나치게 많음, 도둑질을 함 따위이다. 그러나 칠거지악을 범한 아내일지라도 부모의 삼년상을 같이 치렀거나 장가들 때 가난했다가 나중에 부자가 되었거나 아내가 돌아가도 의지할 데가 없는 경우에는 버릴 수 없었다. 이를 삼불거(三不去)라고 한다.

④ 서왕모(西王母)

중국 고대의 선녀. 「열선전(列仙傳)」에 따르면, 서왕모는 곤륜산(崑

崙山) 동쪽 요지(瑤池)에 노닐며 주목왕(周穆王)과 놀았고, 이곳에
삼천 년마다 열리는 반도(蟠桃)가 있는데 이를 한나라 무제(武帝)에
게 주었다고 한다.
⑤ 표진강에 빠져 죽은 숙향이가 네가 되어 환생하였느냐
   고소설 「숙향전」의 주인공 숙향이가 표진강에 빠져 죽으려다 선녀
   항아(姮娥)의 구원을 받은 것을 이른다.

장 승상 부인이 심청을 수양딸 삼으려 하다

① 송나라 고종 황제가 기르던 앵무새
   송나라 고종 황제가 농중(籠中)에서 앵무새 수백 마리를 구해 기르
   다가 도로 놓아준 고사에서 따온 것이다.

심 봉사가 공양미 삼백 석 시주를 약속하다

① 바리때
   절에서 쓰는 중의 공양 그릇. 나무나 놋쇠 따위로 대접처럼 만들어
   안팎에 칠을 한다.
② 굴갓
   모자 위를 둥글게 대로 만든 갓. 벼슬을 가진 중이 썼다.
③ 장삼(長杉)

중의 웃옷. 검은 베로 길이가 길고 품과 소매를 넓게 만든다.

④ 미투리

삼이나 노 따위로 짚신처럼 삼은 신. 흔히 날을 여섯 개로 하므로 육날 미투리라고도 한다.

⑤ 행전(行纏)

바지나 고의를 입을 때 정강이에 감아 무릎 아래에 매는 물건. 반듯한 헝겊으로 소맷부리처럼 만들고 위쪽에 끈을 두 개 달아서 돌라매게 되어 있다.

심청이 몸을 팔아 공양미 삼백 석을 시주하다

① 하량에 날이 저물고 근심 띤 구름이 인다

원문의 '하량낙일수운기(河梁落日愁雲起)'를 풀어쓴 것이다. 한나라 무제 때 장수 이릉(李陵)은 흉노국과 싸우다가 항복하여 귀화했고, 소무(蘇武)는 사신으로 갔다가 잡혀 오래 머물렀다. 소제(昭帝) 때 소무가 귀국하게 되었는데 이릉이 이별을 아쉬워하며 지은 시에 '휴수상하량유자모하지(携手上河梁遊子暮何之)'라는 구가 있는데, 이것을 바꾸어 적은 것인 듯하다. 하량(河梁)은 이 시 이후 이별하는 장소로 일컬어졌다.

② 소통국의 모자 이별

소무가 흉노국에 십구 년 간 잡혀 있을 때 그곳 여인과의 사이에서 낳은 아들을 통국(通國)이라 이름 하였다. 소무는 뒤에 한나라로 돌아가면서 아들을 데려가게 되었는데, 그 어머니는 올 수 없어 모자가 영영 이별하게 되었다. 『한서(漢書)』 「소무전(蘇武傳)」 참조.

③ 용산의 형제 이별

옛날 중국에서는 중구절(重九節, 음력 구월 구일)에 온 가족이 높은 산에 올라 산수유를 머리에 꽂고 국화주를 마시면 앞으로 일 년 간 재앙이 없다고 하여 일반에 성행했다. 당나라 시인 왕유(王維)가 타향에서 중구절을 맞아 이 놀이에 참여하지 못함을 섭섭해하여 '형제들이 높은 산에 올라 모두 머리에 수유를 꽂았으나, 다만 나 한 사람이 없다(遙知兄弟登高處 遍揷茱萸少一人)'라는 시를 지었다. 중구절의 등고회(登高會)를 용산회(龍山會)라고도 한다. 여기서는 위에서 말한 왕유의 시에 보이는 형제 이별을 말한다.

④ 서쪽 관문을 나서면 벗이 없을 것이다

당나라 시인 왕유의 시 중 위성(渭城)에서 친구를 이별하며 지은 '위성조우읍경록 객사청청류색신 권군경진일배주 서출양관무고인(渭城朝雨浥輕塵 客舍青青柳色新 勸君更進一杯酒 西出陽關無故人)'이라는 시가 있다. 여기서는 끝의 구를 인용하여 친구 이별을 말한 것이다.

⑤ 오나라와 월나라의 미인의 부부 이별

당나라 시인 왕발(王勃)의 「채련곡(採蓮曲)」의 '국경을 지키기 위해 변방에 가 계신 임은 얼마나 멀리 떨어져 있는가(征客關山路幾重)'를 오나라와 월나라 미인의 부부 이별로 말한 것이다.

⑥ 나는 빨리 닭이 울어야 관문을 빠져나갈 제나라의 맹상군이 아니다

맹상군은 중국 전국 시대 제나라의 정승으로, 설(薛)이란 땅을 맡아 다스렸다. 거기에서 사방의 어진 사람들을 모아 대접하니 식객(食客)이 삼천 명이나 되었다. 그는 진나라에 사신으로 갔다가 진나라 소왕의 미움을 사서 옥에 갇혔는데, 함께 간 식객이 소왕의 애첩에게 뇌물을 바쳐 풀려났다. 하지만 그 밤으로 진나라의 요새 함곡관을 벗어나야 하나, 그 나라 법에 첫닭이 울어야 관문을 열게 되어 있으므로 걱정을 하고 있었다. 그때 데려간 식객 중에 닭 우는 소리를 잘 내는 이가 있어 닭 우는 소리를 내니 모든 닭이 따라 울었다. 닭 우는 소리를 들은 병사가 관문을 열어 맹상군은 관문을 무사히 통과했다.

심청이 인당수로 떠나다

① 불여귀(不如歸)

두견새를 말한다. 중국 촉나라 망제(望帝)의 죽은 넋이 이 새가 되어 울 때에 항상 '불여귀거(不如歸去)'라며 운다고 한다. 피를 토하듯이 밤을 새워 가며 애절하게 우는 이 새는 예로부터 많은 시가와 문장에 소재로 쓰였다. 이 새를 촉혼(蜀魂), 귀촉도(歸蜀道), 소쩍새라고 부르기도 한다.

② 만일 봄바람이 사람의 뜻을 모른다면 무슨 까닭으로 지는 꽃을 불어

보내는가

당나라 시인 왕유의 시구를 풀어쓴 것이다.

③ 삼상(三湘)

이수(灕水)와 상수(湘水)가 합하여 이상(灕湘)이 되고, 이 물이 소수(瀟水)와 합하여 소상(瀟湘)이, 증수(蒸水)와 합하여 증상(蒸湘)이 되는데, 이를 합하여 삼상이라고 한다.

④ 가태부(賈太傅)

성은 가(賈), 이름은 의(誼)이다. 한나라 문제 때 대중대부(大中大夫) 벼슬을 하다가 대신들의 시기를 받아 장사(長沙) 왕의 태부로 좌천되었으므로 가태부라고 한다.

⑤ 굴삼려(屈三閭)

중국 전국 시대 초나라 사람으로 성은 굴(屈), 이름은 평(平), 자는 원(原)이다. 삼려대부(三閭大夫) 벼슬을 지냈으므로 굴삼려라고도 한다. 회왕 때 참소를 당하자 「이소경(離騷經)」을 지어 자기의 뜻을 말했다. 경양왕이 즉위한 뒤에 다시 벼슬을 했으나, 왕의 아우 자란(子蘭)의 참소로 귀양을 가게 되자 가슴에 돌을 안고 멱라수에 빠져 죽었다.

⑥ 황학루(黃鶴樓)

중국 호북성 무창의 서남 양자강에 임한 누(樓)의 이름. 촉(蜀)의 비위(費褘)가 신선이 되어 황학을 타고 이곳에 와서 놀았으므로 황학루라고 한다.

⑦ 봉황대(鳳凰臺)

　중국 강소성 강령현 남쪽에 있는 대의 이름. 당나라 시인 이백의 시
　가운데 「봉황대시(鳳凰臺詩)」가 있다.

⑧ 심양강(尋陽江)

　중국 강서성 구강현 북쪽에 있는 강. 당나라 시인 백낙천이 이곳에
　서 친구를 이별하며 「비파행(琵琶行)」을 지었다.

⑨ 적벽강(赤壁江)

　중국 호북성에 있는 강. 송나라 문인 소식[蘇軾, 호는 동파(東坡)]이
　임술년 칠월에 이 강에서 뱃놀이를 하고 「적벽부(赤壁賦)」를 지었다.

⑩ 한산사(寒山寺)

　중국 강소성 소주에 있는 절.

⑪ 닭은 지고 까마귀 우는 깊은 밤에 고소성에 배를 매니, 한산사 쇠북
　소리 객선에 이르렀다

　당나라 시인 장계(張繼)의 시에 '월낙오제상만천 강풍어화대수면 고
　소성외한산사 야반종성도객선(月落烏啼霜滿天 江風漁火對愁眠 姑蘇城
　外寒山寺 夜半鐘聲到客船)'이 있다.

⑫ 진회수(秦淮水)

　중국 강소성에서 발원하여 서북으로 흘러 양자강으로 흐르는 강.
　이 강의 유역은 주점이 많고 번화했다고 한다.

⑬ 소상팔경(瀟湘八景)

　소상강 주변의 아름다운 여덟 가지 경치. 그 여덟 가지는 평사낙안

(平沙落雁), 원포귀범(遠浦歸帆), 산시청풍(山市晴風), 강천모설(江川暮雪), 동정추월(洞庭秋月), 소상야우(瀟湘夜雨), 연사만종(煙寺晚鐘), 어촌석조(漁村夕照)이다.

⑭ 아황과 여영의 피눈물이 묻어 점이 생긴 대나무의 가지에 빗물이 방울방울 맺혔으니

아황(娥皇)과 여영(女英)은 요임금의 두 딸로 함께 순임금의 아내가 되었다. 순임금이 창오 땅에서 죽자 두 부인이 와서 슬피 통곡하고 상수에 빠져 죽었다 한다. 여기서는 순임금의 죽음을 슬퍼하는 이비(二妃)의 눈물이 피가 되어 대나무에 묻어 반점이 생긴 것을 이른다.

⑮ 먼 포구에 돛단배 돌아온다

소상팔경의 하나인 원포귀범을 이른다.

⑯ 백비(伯嚭)

중국 오나라 사람. 왕 부차(夫差)에게 오자서(伍子胥)를 모함하여 죽게 했다.

⑰ 촉루검(屬鏤劍)

칼 이름. 오나라 왕 부차는 백비의 참소를 듣고 오자서에게 촉루검을 주어 자결하게 했다.

심청이 인당수에 몸을 던지다

① 삼십삼천(三十三天)

육욕천, 십팔천, 무색계 사천(四天)과 일월성수천(日月星宿天), 상교천(常憍天), 지만천(持鬘天), 견수천(堅首天), 제석궁천(帝釋宮天)을 통틀어 이르는 말. 또는 도리천을 달리 이르는 말. 가운데 제석천과 사방에 여덟 하늘씩이 있다 하여 이렇게 이른다.

② 이십팔수(二十八宿)

천구(天球)를 황도(黃道)에 따라 스물여덟으로 등분한 구획. 또는 그 구획의 별자리. 동쪽에는 각(角)·항(亢)·저(氐)·방(房)·심(心)·미(尾)·기(箕), 북쪽에는 두(斗)·우(牛)·여(女)·허(虛)·위(危)·실(室)·벽(壁), 서쪽에는 규(奎)·누(婁)·위(胃)·묘(昴)·필(畢)·자(觜)·삼(參), 남쪽에는 정(井)·귀(鬼)·유(柳)·성(星)·장(張)·익(翼)·진(軫)이 있다.

③ 삼황오제(三皇五帝)

중국 고대 전설에 나오는 삼황과 오제를 아울러 이르는 말. 삼황은 수인씨(燧人氏)·복희씨(伏羲氏)·신농씨(神農氏) 또는 복희씨·신농씨·황제(皇帝)이고, 오제는 소호(小昊, 또는 黃帝)·전욱(顓頊)·제곡(帝嚳)·요(堯)·순(舜)이다.

④ 시왕(十王)

저승에 있다는 십대왕.

⑤ 헌원씨(軒轅氏)

중국 고대 임금 황제(黃帝)를 말한다. 처음으로 배와 수레를 만들었다고 한다.

⑥ 복희씨(伏犧氏)

　삼황오제의 한 사람으로 팔괘(八卦)를 만들고, 그물을 발명하여 고기 잡는 방법을 가르쳤다고 한다.

⑦ 신농씨(神農氏)

　중국의 신화에 나오는 삼황의 한 사람으로, 몸은 사람이고 머리는 소와 같았다. 백성에게 농사짓는 법을 가르쳤으므로 신농씨라고 일컫는다. 태고 때 신농씨가 가지가지 풀을 씹어 맛을 보고 약의 처방을 생각해 냈다고 한다. 농업의 신, 의약의 신, 음악의 신으로 모신다.

⑧ 하우씨(夏禹氏)

　순임금 때 홍수를 다스린 인물로, 순임금의 뒤를 이어 왕이 되었다.

⑨ 해성(垓城)에서 패한 항왕(項王)이 한나라 군사에게 쫓기어 오강(烏江)으로 돌아올 때 사공이 배를 맨 채 기다리고 있고

　항왕이 해성에서 한나라 제후의 군사에게 패하고 쫓기어 오강을 건너려 할 제 정장의(亭長檥)가 배를 매고 기다리고 있었음을 이르는 것이다.

⑩ 제갈공명이 조화를 부려 동남풍을 빌어 조조의 십만 대병을 수륙으로 화공하니

　삼국 시대 촉한(蜀漢)의 승상 제갈량(諸葛亮)이 조조의 팔십만 대군을 적벽강에서 공격할 때, 동오(東吳)의 도독 주유(周瑜)를 도와 동남풍을 빌어 바람의 방향을 따라 병선(兵船)에 불을 질러 크게 이겼다.

⑪ 도연명(陶淵明)

　중국 진나라 사람 도잠(陶潛). 팽택(彭澤)의 원이 되었다가 석 달이

　못 되어 벼슬을 내놓고 집으로 돌아가면서 「귀거래사(歸去來辭)」를

　지었다.

⑫ 장한(張翰)

　중국 진나라 사람. 낙양(洛陽)에 가서 벼슬을 하다가 고향 생각이

　나서 곧바로 강동(江東)으로 갔다고 한다.

⑬ 오나라와 월나라 여인들이 연꽃을 따는 배요

　당나라 시인 왕발의 「채련곡」 중의 한 구절.

용왕이 심청을 용궁으로 모셔 들이다

① 별주부

　바다에도 국가적 조직이 있는데, 용은 왕이 되고, 큰 자라〔鼈〕는 참

　군이오, 자라〔鼈〕는 주부(主薄)이다. 이 밖의 모든 어류들도 다 직

　임(職任)이 있다고 한다.

② 갈선옹(葛仙翁)

　중국 삼국 시대 오나라 사람 갈현(葛玄). 좌자(左慈)에게 선도(仙道)

　를 배워 신선이 되매, 그를 갈선옹이라 일컬었다고 한다.

③ 마고선녀(麻姑仙女)

　옛적 중국의 여선(女仙).

④ 낙포선녀(洛浦仙女)

　복희씨의 딸로, 낙수에 빠져 죽어서 낙수의 신이 되었다.

⑤ 남악부인의 여덟 선녀

　남악부인의 시녀가 여덟 사람인데, 육관대사의 제자 성진이 석교
위에서 만나 희롱했다.「구운몽」참조.

⑥ 왕자진(王子晉)

　중국 주나라 영왕(靈王)의 태자로 생황(笙簧)을 잘 불었다. 부병생
(浮兵生)에게 배워 신선이 되었다고 한다.

⑦ 곽처사(郭處士)

　고려 곽여(郭輿)인 듯하다.

⑧ 성연자(成蓮子)

　중국 춘추 시대 사람에 거문고를 잘 타기로 이름난 사람. 거문고로
이름난 백아(伯牙)에게 거문고를 가르쳤다고 한다.

⑨ 장자방(張子房)

　중국 한나라의 공신 장량(張良). 한 고조를 도와 천하를 통일하게
했다.

⑩ 혜강(稽康)

　중국 진나라 때 죽림칠현(竹林七賢)의 한 사람. 노장(老莊)의 학(學)
을 좋아하여「양생편(養生篇)」을 지었다.

⑪ 적타고

　악어의 가죽으로 만든 북.

⑫ 취옹적

피리의 이름인 듯하다.

⑬ 능파사(凌波詞)

당나라 현종이 꿈에 용녀의 청을 들어 지었다는 사곡(詞曲)의 이름.

⑭ 여동빈(呂洞賓)

당나라 선인(仙人). 여동빈은 동정호에 놀며 백로를 탔다고 한다.

⑮ 이적선

당나라 시인 이백은 자를 태백(太白), 호를 청련거사(靑蓮居士)라고
하는데, '귀양 온 신선'이라는 뜻에서 적선(謫仙)이라고도 한다. 만
년에 고래를 타고 하늘로 올라갔다 한다.

⑯ 자하주(紫霞酒)

신선이 먹는 술.

⑰ 천일주(千日酒)

빚은 지 천 일이 지나야 먹게 된다는 술. 한 번 먹으면 천 일 동안
취한다고 한다.

⑱ 기린포(麒麟脯)

기린의 고기를 말려서 만든 포.

⑲ 제호탕(醍醐湯)

오매(烏梅), 사인(沙仁), 백단향(白檀香), 초과(草果)를 가루로 만들
어 꿀에 재어 끓였다가 냉수에 타서 마시는 청량제.

⑳ 감로주(甘露酒)

소주에 용안육, 대추, 포도, 살구 씨, 구기자, 두충, 숙지황 따위를 넣어 만든 술.

㉑ 벽도(碧桃)

삼천 년에 한 번 열린다는 신선계의 과일.

연꽃을 타고 돌아온 심청이 황제와 혼인하다

① 상림원(上林苑)

창덕궁 요금문 밖에 있던 어원(御苑). 중국 장안의 서쪽에 있던 한나라의 정원이다.

② 황극전(皇極殿)

중국 명나라 황궁의 정전(正殿).

③ 장신궁(長信宮)

중국 한나라 때 황태후가 거처하던 궁. 원제(元帝)의 후비인 반첩여(班婕妤)가 황제의 사랑을 잃은 뒤에 여기에 거했다고 한다.

④ 행단(杏檀)

공자가 제자들에게 글을 가르친 곳으로 원래는 지명이었으나, 공자의 묘(廟) 안에 단(檀)을 만드는 것을 일컫기도 한다.

⑤ 화청지(華淸池)

중국 산시성(陝西省) 시안(西安)의 여산(驪山)에 있는 못. 당나라 현종이 양귀비와 놀던 곳으로 유명하다.

심청이 맹인 잔치를 열다

① 흉노족에게 붙들려 있던 한나라 소무의 편지를 전하던 기러기냐

한나라 무제 때 소무가 사신으로 흉노에 갔는데, 흉노의 왕은 소무를 억류해 놓고는 죽었다고 했다. 뒤에 한의 사자가 흉노에게 '기러기 발에 묶인 편지에 소무가 어느 소택 가에 살고 있다'고 써 있더라고 하니, 흉노가 하는 수 없이 그를 보내 주었다고 한다. 여기에서 안서(雁書)라는 말이 생겼다.

심 봉사가 황성 맹인 잔치에 가다

① 증점을 본받아 목욕하다가

증점(曾點)은 제자들을 데리고 교외에 나가 놀고 목욕하기를 즐겼다고 한다.

② 황산곡(黃山谷)

송나라 시인 황정견(黃庭堅). 인명을 지명과 같이 쓴 것이다.

③ 오류촌(五柳村)

중국 진나라의 도연명이 살던 곳. 문 앞에 다섯 그루의 버드나무를 심고 스스로 「오류선생전(五柳先生傳)」을 지었다.

④ 영척(寧戚)

중국 춘추 시대 위나라 사람. 소의 뿔을 두드리며 노래를 하여 환공(恒公)에게 인정받아 대부가 되었다.

⑤ 맹호연(孟浩然)

　　중국 당나라 시인.

⑥ 두목지(杜牧之)

　　당나라 시인.

⑦ 백낙천변(白樂川邊)

　　당나라 시인 백낙천(白樂天)의 이름을 바꾸어 표현한 것이다.

⑧ 장건(張騫)

　　중국 후한 시대 사람으로 외교적 성공을 얻어 만방의 신임을 얻은

　　사람. 이재오(李在吾)의 시에 그가 뗏목을 타고 다녔다는 말이 있다.

⑨ 맹동야(孟東野)

　　당나라의 시인 맹교(孟郊). 이름을 들로 표현한 것이다.

⑩ 와룡강변(臥龍岡邊)

　　와룡강(臥龍岡)은 중국 촉나라의 제갈공명(諸葛孔明)의 초가집이 있

　　는 곳이다.

⑪ 팔진도(八陣圖)

　　여덟 가지 모양으로 친 진법(陣法)의 그림.

⑫ 축지법(縮地法)

　　도술로 지맥(地脈)을 축소하여 먼 거리를 가깝게 하는 술법.

⑬ 상산에 들어가 숨은 네 신선

　　중국 진시황 때 세상의 어지러움을 피하여 상산(商山)에 들어가 숨

　　은 네 사람의 은사(隱士). 곧 동원공(東園公), 기리계(綺里季), 하황

공(夏黃公), 각리(角里)의 네 사람인데 수염과 눈썹이 세었으므로
상산사호(商山四皓)라고 불렀다.

⑭ 죽림칠현(竹林七賢)

중국 진나라 초기에 노사와 장자의 무위사상(無爲思想)을 숭상하여
죽림에 모여 청담으로 세월을 보낸 일곱 명의 선비. 곧 산도(山濤),
왕융(王戎), 유영(劉伶), 완적(阮籍), 완함(阮咸), 혜강(秭康), 향수
(向秀)이다.

⑮ 안심(安心)

신앙에 의하여 마음이 동요되지 않게 하고, 마음의 귀추를 정하는 일.

⑯ 강태공(姜太公)

중국 주나라 초엽의 정치가 태공망(太公望). 이름은 강상(姜尙)이
다. 문왕과 무왕을 도와 은나라를 멸하고 천하를 통일했다. 전하는
말에 그는 위수(渭水)에서 낚시질을 하고 있다가 문왕에게 발견되
어 군사(軍師)가 되었다고 한다.

⑰ 유현덕(劉賢德)

중국 촉한의 초대왕인 유비(劉備).

⑱ 제갈량(諸葛亮)

유비를 도와 촉한을 세운 제갈공명의 이름. 제갈량은 「출사표(出師
表)」에서 "신은 원래 포의로 남양에서 밭을 갈았다."고 했다.

⑲ 장익덕(張翼德)

중국 촉한의 무장. 관운장과 함께 유비를 도와 촉한을 세웠다.

⑳ 옛날에 천황씨(天皇氏)는 목덕(木德)으로 왕 하시니

『십팔사략(十八史略)』의 첫 구절로, 옛날에 천황씨는 오덕(五德)의 하나인 목덕으로 왕 노릇을 했다고 한다. 오덕은 고대 중국에서 만물을 만드는 다섯 가지 원소, 즉 목(木)·화(火)·토(土)·금(金)·수(水)를 이른다.

심청이 아버지를 만나고 심 봉사는 눈을 뜨다

① 홍문연(鴻門宴)

홍문에서 한 고조 유방과 초왕 항우가 베푼 잔치. 항우는 범증의 권유에 따라 칼춤을 추다가 유방을 죽이려 했으나, 유방은 장량의 꾀로 번쾌를 데리고 도망쳤다.

② 길거리에서 동요를 들어 보던 즐거움이 있네

중국 요임금이 자신의 정치가 잘되고 있는가를 알아보기 위해 길거리에서 동요를 들어 보고 기뻐했다고 하는 고사를 인용한 것이다.

심청 부녀가 부귀영화를 누리다

① 팔십을 바라보는 늙은 나이에

실제 연령과 관계없이 늦은 나이에 아들을 얻은 것을 강조하기 위해 '팔십을 바라보는 늙은 나이'라고 표현한 것이다.

※ 작품 해설

효가 최고의 도덕적 가치임을 그린「심청전」

하늘도 감동시킨 효의 상징 심청

「심청전」은「춘향전」과 함께 독자들에게 많은 사랑을 받으며 읽혀
지는 고소설 작품으로, 작자는 알려져 있지 않다.「심청전」의 주인공
심청은 가난한 심 봉사의 딸로 태어나 일찍 어머니를 여의고 눈먼 아
버지의 보살핌으로 자란 뒤에 아버지를 지성으로 모신다. 심청은 공
양미 삼백 석을 부처님께 바치면 아버지의 눈을 뜰 수 있다는 말을 듣
고 항해의 안전을 기원하는 제의의 제물로 자기 몸을 판다. 심청은 인
당수에서 물에 빠져 죽지만, 심청의 효성에 감동한 용왕이 심청을 연
꽃에 태워 다시 인당수로 보낸다. 이곳을 지나던 뱃사람들이 연꽃을

임금님께 바치고, 연꽃에서 나온 심청은 왕과 혼인한다. 왕비가 된 심청은 고향을 떠나 떠도는 아버지를 찾기 위해 맹인 잔치를 여는데, 맹인 잔치에 온 심청의 아버지는 딸을 만나자 반가움과 놀라움에 눈을 뜨게 된다.

「심청전」에서 아버지를 위하여 자기의 모든 것을 바친 심청의 효성은 많은 사람을 감동시켰을 뿐 아니라 하느님과 부처님, 용왕을 감동하게 한다. 그래서 이적이 일어나 죽었던 심청이 다시 살아나 왕비가 되고 눈을 뜬 아버지와 행복을 누린다. 이 이야기에는 효를 사람이 지켜야 할 최고의 도덕적 가치라고 생각하고, 이를 실천하면 사람과 신은 물론 동물과 식물까지 감동시켜 이적이 일어나 행복을 누릴 수 있다는 한국인의 의식이 밑바탕에 깔려 있다.

이 작품은 조선 후기에 형성되어 많은 독자에게 감동을 주었으며, 지금도 고소설을 사랑하는 사람들에게 널리 읽혀지고 있다. 이 작품은 우리의 민족 예술인 판소리로도 불려지고 있다. 또 창극, 영화 등으로 재구성되어 사람들에게 감동을 주었다. 이 작품은 여러 외국어로 번역되어 다른 나라에도 널리 알려졌으며, 1972년에는 독일에서 「오페라 심청전」이 공연되어 절찬을 받기도 했다.

80여 종에 이르는 이본

고소설은 이름이 알려진 작가 또는 이름이 전해지지 않는 작가가 처음에 붓으로 쓴 것이다. 사람들은 이를 빌려다가 붓으로 베껴서 간직하며 읽거나 돈을 받고 빌려 주었다. 이를 '필사본'이라고 하는데, 필사본으로는 많은 수요를 만족시킬 수 없었다. 그래서 넓은 나무판에 작품을 새긴 뒤에 먹물을 묻혀 여러 번 찍어 내어 공급을 확대했다. 이렇게 하여 찍어 낸 책을 '판각본'이라고 부른다. 이 판각본 고소설은 서울, 안성, 전주에서 간행되었다. 1910년대에는 납으로 만든 작은 활자로 판을 짜서 찍어 내는 활자본 고소설이 나왔다.

고소설 작품은 붓으로 베껴 쓰거나 판각본 또는 활자본으로 간행하는 과정에서 잘못 쓰거나 빠뜨린 글자가 생기기도 했고, 의도적으로 표기 방식을 바꾸고 내용의 일부를 바꾸기도 했다. 그래서 원래의 작품에 크고 작은 변화가 생겼다. 이렇게 변화가 생긴 작품을 그 작품의 '이본'이라고 하는데, 인기 있는 작품일수록 이본이 많이 생겼다.

「심청전」은 독자들에게 인기 있는 작품이었으므로, 필사본에도 여러 이본이 있고, 판각본과 활자본에도 여러 이본이 전해 온다. 「심청전」의 이본은 80여 종이 있는데, 판각본은 한남본 계열 · 송동본 계열 · 완판본 계열로 나눌 수 있다.

한남본 계열은 내용을 단순하고 차분하게 구성했으며 간결하고 소박한 산문체로 되어 있다. 배경을 명나라 시대의 남군 땅으로 하고 심봉사의 이름은 '심현', 그의 처는 '정씨'라고 했다. 여기에는 장 승상부인, 뺑덕 어미, 안씨 맹인 이야기가 나오지 않는다.

송동본 계열은 문장이 율문체로 되어 있고, 배경은 송나라 시대의 황주 도화동으로, 심 봉사의 이름은 '심학규'로, 그의 처는 '곽씨'로 되어 있다. 여기에는 곽씨 부인이 아기를 갖게 해 달라고 비는 이야기, 심 봉사의 순산 축원과 아기의 장래를 축원하는 이야기, 뺑덕 어미 이야기, 안씨 맹인 이야기 등 한남본 계열에 없는 내용이 첨가되어 있다. 이런 내용은 뒤에 나온 완판본과 활자본에 그대로 들어 있다.

완판본 계열은 내용이나 문체 면에서 송동본과 대체적으로 같으나 몇 가지 차이점이 있다. 첫째, 완판본 계열에는 송동본 계열에 없는 삽입 가요·잔사설·고사성어·한시 등이 많이 나온다. 둘째, 송동본 계열에 없는 장승상 부인 이야기가 나온다. 셋째, 심청이 배를 타고 인당수에 가기까지의 항해 경로와 오래전에 죽은 충신과 열녀의 영혼을 만나는 이야기가 덧붙여져 있다. 넷째, 맹인 잔치에 가는 심 봉사가 목동과 방아 찧는 여인을 만나고, 「목동가」와 「방아 타령」을 부르는 이야기가 첨가되어 있다. 다섯째, 심 봉사가 눈을 뜰 때 모든 맹인이 함께 눈을 뜨는 이야기와 심청이 아버지를 만난 후 행복하게 사는 이야기가 더해져 있다.

필사본 중에는 위에 적은 세 계열 중 어느 하나와 관련이 있는 이본도 있고, 두 계열의 내용이 함께 들어 있는 이본도 있다. 그런가 하면 어느 한 계열과도 깊은 관련을 맺지 않은 이본이 있다.

활자본을 보면, 1912년 「강상련」이 나왔다. 이것은 이해조가 완판본의 문장을 다듬고 내용을 덧붙이거나 빼면서 신소설처럼 바꾸어 출판한 것이다. 1913년에는 신문관에서 「심청전」이 나왔는데, 이것은 한남본의 이야기를 바탕으로 문장을 부분적으로 손질하고, 송동본의 뺑덕 어미 이야기를 첨가한 것이다. 그후 여러 출판사에서 「심청전」이 출간되었는데, 대체적으로 「강상련」을 약간씩 손질한 것이다.

이처럼 「심청전」에는 이본이 여럿 있으나, 가장 널리 알려진 「심청전」의 것은 완판본의 내용이다. 그동안 중학교 교과서에 부분적으로 실렸던 것은 이해조가 완판본을 고쳐 쓴 「강상련」이다.

「심청전」의 배경 설화와 형성 과정

고소설 작품 중에는 당시에 민간에 전해 오던 설화를 수용하여 구성한 작품이 많이 있다. 「심청전」 역시 당시에 전해 오던 설화를 배경으로 하여 형성되었다. 「심청전」의 여러 이본이 공통적으로 지니고 있는 내용과 그것을 구성하는 데에 배경이 되었을 것으로 생각되는 설화를 적어 보면 다음과 같다.

① 심청의 출생 : 태몽 설화
② 심청의 성장과 효행 : 효행 설화, 인신공희 설화
③ 심청의 죽음과 다시 살아남 : 재생 설화
④ 심청의 아버지 만남과 아버지의 눈뜨기 : 개안 설화

태몽 설화는 부모가 기이한 꿈을 꾸고 주인공을 낳는다는 내용의 설화로서, 역사적으로 유명한 인물과 관련된 태몽 설화가 많이 전해 온다. 효행 설화에는 여러 유형이 있는데, 주인공이 지성으로 부모를 섬

기자 이적이 일어나 효도를 성취하고 잘살았다는 내용이 주를 이룬다. 인신공희 설화는 마을의 평안과 풍요를 기원하는 제의에서 사람을 제물로 바치는 내용의 설화로서, 우리 나라는 물론 다른 나라에서도 전해 온다. 재생 설화는 죽었던 사람이 다시 살아나 생명을 연장한다는 내용의 설화인데, 재생의 양식으로는 부활과 환생이 흔히 나타난다. 개안 설화는 앞을 못 보던 사람이 눈을 뜬다는 내용의 설화인데, 장님은 아들·딸·며느리의 효성에 의해 눈을 뜬다. 이들 설화는 오래전부터 지금까지 전해 오는 이야기로, 한국인의 다양한 의식을 잘 드러내고 있다.

「심청전」의 작자(누구인지는 모르지만)는 이 작품의 각 단락을 구성하면서, 그 단락의 기능을 수행해 줄 수 있는 위의 설화들을 수용하여 작품의 효과를 올리도록 구성했다. 이로써 이 작품은 우리의 문학적 전통 위에서 작품의 효과를 거둘 수 있게 되었다.

이 작품은 위에 적은 설화를 배경으로 하여 한남본이 먼저 형성되고, 이것이 판소리와 관계를 맺으면서 송동본·완판본으로 변화했다. 활자본은 그 뒤를 이어 나온 것이다.

현실계와 비현실계, 행과 불행의 순환 구조

「심청전」의 내용 중 심청의 일생을 위에 적은 내용 단락을 중심으로 살펴보겠다.

① 심청의 출생을 이야기하는 단락에서 심청은 본래 천상계의 선녀

였는데 이 세상으로 귀양 왔다고 한다. 이것은 심청의 전신이 선녀로, 비현실계의 존재였음을 말해 준다. ② 심청의 성장과 효행을 이야기하는 단락에서 심청은 현실계인 이 세상에서 아버지의 손에 자라나 동냥과 품팔이를 하여 아버지를 봉양하다가 공양미 삼백 석에 몸을 팔았다. 심청이 산 곳은 이 세상, 즉 현실계이다. ③ 심청이 죽었다가 다시 살아나는 이야기를 하는 단락에서 심청은 항해의 안전을 비는 제의에서 수신에게 바치는 제물이 되어 인당수에 빠져 용궁으로 갔다. 심청이 간 용궁은 비현실계이다. ④ 심청이 아버지와 만나고 심 봉사가 눈을 뜨는 단락에서 심청은 이 세상에서 왕비가 되고 아버지를 만나 행복하게 살았다.

이처럼 심청은 비현실계의 존재인 선녀가 현실계인 지상으로 와서 심 봉사의 딸로 태어나고, 다시 비현실계인 용궁에 갔다가 또다시 현실계로 돌아와 행복을 누린다. 그래서 「심청전」의 배경 공간은 '비현실계→현실계→비현실계→현실계'로 바뀌어 순환한다. 그래서 이 작품은 심청의 일생을 중심으로 보았을 때 현실계와 비현실계가 서로 바뀌어 순환하는 순환 구조를 지니고 있다.

이 작품의 내용을 심 봉사의 일생을 중심으로 하여 정리해 보면 다음과 같다.

㉮ 심 봉사는 어진 아내와 살면서 딸 심청을 낳아 그런대로 행복하게 살았다.

㉯ 심 봉사는 아내를 잃고 딸마저 잃은 뒤에 잃은 뒤에 슬픔과 고통의 나날을 보냈다.

㉰ 심 봉사는 왕비가 된 딸을 만나고 눈을 뜬 뒤에 행복하게 살았다.

위에 적은 ㉮단락의 행복은 불완전한 것이었는데, ㉯단락에서 심 봉사는 아내의 죽음, 딸과의 이별 등 거듭되는 사건으로 더할 수 없는 슬픔과 고통을 받는다. 심 봉사의 슬픔과 불행은 매우 심각한 것이어서 이것이 변할 가망이 보이지 않는다. 그러나 ㉰단락에서 심 봉사의 불행은 끝이 나고 행복한 생활이 계속된다. 이처럼 이 작품은 ㉮의 행복이 ㉯의 고난으로 바뀌고, 이것이 다시 ㉰의 행복으로 극복되어 행복한 상황이 지속될 때 끝을 맺는다. 그래서 행과 불행이 어느 한 상황으로 끝나는 것이 아니고, 두 가지 상황이 서로 바뀌면서 순환하는 순환 구조를 보이고 있다.

이 작품에 나타나는 현실계와 비현실계의 순환, 행과 불행의 순환은 모두 불행한 현실을 없애 버리고, 행복이 가득한 새로운 현실을 만들려는 의식이 바탕이 되어 꾸며진 것이다. 한국인은 오늘의 고난과 불행이 내일에는 극복되어 행복하게 살 수 있다는 기대와 믿음을 지니고 있었다. 그래서 이런 작품을 만들어 즐기면서 내일의 행복에 대한 희망과 기대를 확인하고 다짐했던 것이다.

「심청전」의 배경과 출생지

「심청전」의 배경이 된 곳이 어디인가를 알려면, 심청이 나서 자란 곳과 죽었다가 살아난 곳이 어디인가를 살펴보면 된다. 심청이 나서 자란 곳과 죽었다가 살아난 곳은 이본에 따라 다르지만, 대체적으로 황주 도화동과 인당수로 되어 있다.

심청이 나서 자란 황주는 중국의 황주일 것이라는 의견이 있지만, 우리 나라의 황해도 황주로 보는 의견이 대부분이다. 그럼 심청이 빠져 죽었다가 살아났다고 하는 인당수는 어디일까? 황해도 서쪽 해안의 북위 38도 조금 위에 서쪽으로 길게 뻗은 장산곶이 있고, 장산곶에서 남쪽으로 약 17킬로미터 떨어진 곳에 백령도가 있다. 장산곶과 백령도 중간쯤 되는 바다는 물살이 세기로 이름난 곳인데, 여기가 인당수이다. 우리 나라가 남북으로 나뉘기 전에 이곳을 오가며 물고기를 잡던 어부들이나 뱃사람들은 예전부터 물살이 세기로 이름난 이곳을 인당수라고 불렀다고 한다.

백령도를 비롯한 대청도와 소청도 주민들 사이에는 오래전부터 "효녀 심청이 인당수에 빠졌다가 연꽃을 타고 물 위로 떠올랐는데, 그 연꽃이 남쪽으로 떠내려 오다가 백령도 남쪽에 있는 바위섬인 연봉바위에 와서 걸려 있었다. 이를 뱃사람들이 보고 임금님께 바쳤는데, 연꽃에서 나온 심청이 왕비가 되었다."는 내용의 「심청 전설」이 전해 온다. 6·25전쟁이 시작된 뒤 남쪽으로 온 사람들 말에 의하면, 이 전설은 지금은 북한 지역인 황해도 옹진·장연 지역에서도 전해 내려왔다고 한다.

심청이 나서 자란 곳이 황해도 황주이고, 물에 빠진 곳이 백령도와 장산곶 사이에 있는 인당수라는 「심청전」의 내용과 심청을 태운 연꽃이 연봉 바위에 걸려 있었다는 「심청 전설」의 내용을 종합하면 다음과 같은 결론을 얻을 수 있다. 「심청전」의 배경이 된 곳은 황해도 황주, 장산곶과 백령도 사이의 인당수, 그리고 백령도 남쪽의 연봉바위를 잇는 지역이 된다. 그런데 황해도 황주는 북한 지역이어서 마음대로 갈 수 없고, 백령도는 우리가 자유롭게 왕래할 수 있다.

　백령도는 행정 구역상으로 인천직할시 옹진군 백령면으로 되어 있다. 옹진군에서는 백령도가 「심청전」의 배경이 된 곳임을 기리고 효행을 권장하는 뜻에서 진촌리 뒷산에 '심청기념관'을 세워 「심청전」과 관련된 자료를 전시하고 있다. 이곳에서 북쪽을 보면, 바닷물이 유난히 넘실거리는 인당수가 보이고, 남쪽에는 연봉바위가 보인다. 그리고 서쪽에는 심청을 태운 연꽃이 떠 내려와서 바닷가에 연밥을 떨어뜨렸는데, 그 연밥이 싹터서 지금도 연꽃이 핀다는 연화리가 보인다. 심청기념관은 이곳 주민은 말할 것 없고 이곳을 찾는 관광객들에게 백령도가 「심청전」의 배경이 된 곳임을 알리는 한편, 심청의 지극한 효성을 본받을 것을 일깨워 주고 있다.

「심청전」을 고쳐 쓰면서

　「심청전」은 많은 이본이 있는데, 널리 읽히면서 사랑을 받아 왔고 '심청전' 하면 떠올리는 것은 완판본의 내용이다. 그래서 이 책에는 완판본을 고쳐서 실었다.

　「심청전」에는 다른 고소설 작품과 마찬가지로 옛말이나 어려운 한자어 등이 있어서 고소설을 전공하는 사람이 아니면 읽는 데에 어려움이 있다. 그중에서도 완판본 「심청전」에는 옛말이나 어려운 한자어 외에 전라도 지방의 사투리, 끼워 넣은 노래 가사, 한시 등이 있어서 읽기가 더욱 어렵다. 그래서 고소설을 전공하지 않는 사람이 이해하기 어려운 고어나 한자어는 쉬운 말로 고치고, 사투리는 표준말로 고쳤다. 문장도 어법에 맞지 않거나 뜻이 잘 통하지 않는 문장, 난해한 표현 등은 이해하기 쉽게 손질했다. 완판본은 판소리와 관련이 깊은 이본이기 때문에 4·4조의 율문으로 된 부분이 많이 있다. 이것은 우리말의 율격을 잘 드러내는 아름다움을 느끼게 해 주므로 되도록 살리려 각별히 애를 썼다. 현대문으로 쉽게 고쳐 쓴 이 「심청전」이 청소년은 물론 교양인에게 널리 읽혀지기 바란다.

심청전

| 초판 인쇄 2005년 3월 28일 | 초판 발행 2005년 4월 7일 |

| 엮은이 최운식 | 펴낸이 임용호 | 펴낸곳 도서출판 종문화사 |

| 편집 민성원 · 임윤빈 | 인쇄 삼신문화사 | 제본 우성제본 |

| 출판 등록 1997년 4월 1일 제22-392 | 주소 서울시 종로구 통의동 35-24 광업회관 3층 |

| 전화 (02) 735-6893 팩스 (02) 735-6892 | E-mail jongmhs@unitel.co.kr |

| 값 7,500원 | ⓒ 2005, Jong Munhwasa printed in Korea |

| ISBN 89-87444-53-8 03810 | 잘못된 책은 바꾸어 드립니다.